アルファ嫌いの幼馴染と、運命の番《つがい》

榛名 悠

illustration:
みずかねりょう

prism bunko

CONTENTS

アルファ嫌いの幼馴染と、運命の番

1

その言葉を初めて耳にしたのは、小学四年生の時だった。

「ねえ、圭都《けいと》。〝うんめいのつがい〟って知ってる？」

「うんめい？」圭都は鉄棒にぶら下がりながら、きょとんとして首を傾げた。「何それ、音楽の時間に先生が言ってたやつ？」

隣で親友の佑星《ゆうせい》が鉄棒をぐるんと前回りする。着地をし、違うと首を横に振った。

「あれはベートーベン。そうじゃなくて、バース性の話」

「ばあすせい……」

圭都は呟いた平仮名を頭の中で適切なカタカナと漢字に変換した。つい先週、保健体育の授業で習ったばかりだった。

この世界には二種類の性区別が存在する。

第一性と呼ばれる男女の性。そして、血液検査で判明するアルファ、ベータ、オメガの三層からなる第二の性――いわゆるバース性だ。

それぞれに特徴があるが、世界の総人口の八割以上がベータで、これを一般性と呼ぶ。中間層のベータはバース性の影響をほぼ受けない。

次に多いのは三つの属性の中で最上位かつ最優位であるアルファ。一割ほどしかいない希少種で、生まれながらのエリート性であり容姿才能ともに突出している。

それより更に少ないのが超希少種性のオメガだ。男女問わず妊娠可能な身体構造を持ち、出産に特化した性といわれる。アルファとオメガは、オメガの特徴であるヒートと呼ばれる発情期に発するフェロモンをめぐり密接に関係している。

学校の授業では、教科書に書いてあった三つの性の名前と簡単な説明を先生が読んだだけだった。詳しい勉強は五、六年生で習うことになっている。

授業では『うんめいのつがい』なんて言葉は出てこなかった。聞いたこともない。

「知らない。なんだよそれ」

圭都は聞き返した。ちらっと視線を向けると、大人びた佑星の横顔が目に入った。

佑星は時々子どもには難しい言葉を口にする。性格も、圭都を含めた同級生と比べると落ち着いていて、クールな印象がかっこいいと女子にもてる。スポーツ万能、勉強もできてコミュニケーション能力が高く、クラスのリーダー役でもある彼は男子からも人気があった。そんな佑星と幼馴染みの圭都は勉強もスポーツも可もなく不可もなくの成績だったが、いつも一緒にいるかっこいい親友が大の自慢だった。

ゆっくりと佑星がこちらを見る。目が合い、気恥ずかしくなった圭都は鉄棒を握って飛び乗った。腹に支点を置きながらぶら下がると、逆さまの校舎が目に映った。雨上がりの校舎の向こうに虹が架かっている。

虹だ！　佑星にも教えようと思ったが、それより先に鉄棒に両腕を乗せてもたれかかっていた佑星が神妙に口を開いた。

「バース性にはアルファとベータとオメガがあるだろ？」

「……うん」

「ベータは別として、アルファとオメガの中には、この広い世界のどこかに自分と相性が百パーセントの相手が存在するんだって。その相手と出会ってしまうと、魂同士が強く惹かれ合って、もう離れられなくなるらしい」

「へえ、そうなの？　離れられなくなるって、どうなっちゃうんだよ。透明なゴムみたいなのにつながれて、離れようとしてもすぐ引き戻されてぴったりくっついちゃうとか？」

「うーん、どうだろ」と、佑星が首を傾げて苦笑した。

「佑星、アルファじゃん。じゃあさ、その百パーセントの相手といつか出会うかもしれないってこと？」

　多くの人が十歳までにバース検査を受けるが、他人の第二性別を無理やり聞き出すことは違法に当たり、家庭でも学校でも自分の性をむやみに口外しないよう言われていた。圭都と佑星の家は家族ぐるみの付き合いをしているため、互いのバース性を知る関係だ。学校では二人だけの秘密だった。

圭都はぶら下がっていた体を起こして鉄棒から飛び降りた。着地の瞬間、勢いがつきすぎてつま先立ちになり、耐えきれずに地面に倒れ込む。慌てて手と膝をつくと、ぬかるんだ土がびちゃっと跳ねた。「圭都！」と、佑星が叫んだ。

「いててて。足が滑った」

「もう、何やってんだよ。危ないなあ。あーあ、かわいい顔が泥まみれになってる」

「かわいいって言うな。かっこいいって言え」

お人形さんみたいとよく揶揄われるコンプレックスの顔をつつかれて、圭都はぶうと唇を尖らせた。佑星が苦笑しつつ、自分のシャツの袖でせっせと圭都の汚れた頬を拭う。「はいはい。かっこかわいいよね、圭都は」

「だーかーらー、かわいいが余計なんだってば。自分がちょっとかっこいいからってさ。バカにしてるだろ」

「するわけないだろ。俺は本気でかわいいと思ってるんだけどな」

目を合わせた佑星がぽつりと言った。

「さっきの話……圭都が俺の百パーセントの相手だったらいいのに」

圭都は思わずきょとんとした。どうせ汚れているのだからもういいやと地面であぐらを掻き、笑って返す。

「俺は無理だよ。だって俺、ベータだもん。佑星も知ってんじゃん」

「ベータでも、人によっては成長の途中でオメガに変わることがあるらしいよ」

「え、マジで？」初耳の話に圭都は目をぱちくりとさせた。「てことは、俺もいつかオメガになるかもしれないってこと？」

「その可能性がまったくないとは言い切れないんじゃないかな」

佑星が妙に大人びた物言いで答える。圭都をじっと見つめてきた。

「もし圭都がオメガだったら、俺たちずっと一緒にいられるのかな。……圭都と一緒にいたいな」

「？」

どうしてそんなことを言うのだろう。親友なのだから、一緒にいることにベータもオメガも関係ないではないか。圭都は内心首を捻りつつも、佑星があまりにも真剣な顔をしてこっちを見てくるから、咄嗟に大きく頷いて答えた。

「もちろん、ずっと一緒にいようよ」

「もし圭都がオメガになったら、俺の〝うんめいのつがい〟になってくれる？」

「うん、いいよ。なろうぜ、〝うんめいのつがい〟」

言葉の本当の意味など何もわかっていなかったけれど、口にした響きが気に入った。なんだか大人の秘密っぽさと特別な感じがしてかっこいい。

目を合わせた佑星が、一瞬驚いた顔をした。直後、保育園の頃から変わらない少しはにかむような笑みを浮かべる。

「約束だよ」

佑星が小指を差し出してきた。

「わかった、約束な」

頷き、圭都も自分の小指を彼のそれに絡める。

ゆびきりげんまん、うそついたらはりせんぼんのーます。ゆびきった!

色鮮やかな七色の虹を背景に、大好きな自慢の親友が見せた笑顔は思わず見惚れるほどキラキラと輝いて見えた。


今思うと、あの時に圭都は呪いをかけられたのだ。

※　※　※

洋菓子店〈Clef《クレフ》〉は、東京郊外、寂れた商店街の一角にある。

星森《ほしもり》圭都はこの小さな洋菓子店の店長兼パティシエだ。もとは叔父の恒治《つねはる》の店だったが、その叔父は一年半前に急性くも膜下出血で倒れ、五十八歳の若さで帰らぬ人となってしまった。

圭都は高校の製菓コースを卒業後、単身フランスに渡り、現地で修業を積みながらパティシエとして働いていたが、恒治の急逝を受けて店を継ぐことに決めたのだ。

圭都は幼い頃からいつも甘いにおいがする叔父が大好きだった。

遊びに来る時はいつも自作のケーキを土産に持ってくるので、毎回それを楽しみにしていた。誕生日になると目の前でケーキを飾りつけてくれて、まるで魔法のようにクリームを絞り出す職人技に憧れた。圭都が菓子作りに興味を持ったのは間違いなく叔父の影響だ。興味津々に質問を繰り返す圭都にケーキ作りの基礎を教えてくれたのも彼だった。

叔父の葬儀が終わった後、借金のあるこの店を圭都が継ぐと宣言すると、親族は大反対した。だが、圭都が強引に押しきったのだ。

叔父の店をなくしたくなかった。ここは圭都にとっても思い入れのある大切な場所だ。店を守りたい、その一心だった。

とりあえず自分がこの店に入ればなんとかなるだろう。十九歳からの八年間、フランスで学んだ知識と経験をもとに、腕には自信があった。

しかし、現実はそう簡単にはいかなかった。

活気があって賑わっていた商店街は、圭都が日本を離れている間にシャッター街と化し、歩いているのは年配の人ばかり。それでも店を再開した当初は叔父のことを知る常連客が遠方からも足を運んでくれ、圭都もフランス帰りのパティシエとして一時期この地域では話題になったのだ。流行に敏感な若者が列を作り、おかげで順調に売り上げは伸び、毎月の借金の返済も滞りなくできていた。

ところが半年前、駅周辺にお洒落なパティスリーやカフェなどのスイーツショップが立て続けにオープンしたのをきっかけに、状況は一変した。

写真映えするスイーツはテレビ番組や雑誌でも大々的に取り上げられて、『スイーツ通り』と名付けられた駅前に若者客が一気に流れていってしまったのだ。

その影響をもろに受けた〈クレフ〉は、あの手この手を尽くしたものの結局客は戻らず、今日も閑古鳥が鳴いていた。

「暇っすね」

唯一のスタッフ、美浜文哉《みはまふみや》がショーケースを丁寧に拭きながらぼやいた。

フリーターの二十三歳、漫画家志望のいまどき男子だ。

やることがないので掃除の腕ばかりが上がっていく。客は一時間前に顔見知りの高齢女性がやって来たきりで、とうとう掃除する場所もなくなったのか、タブレットを取り出していじり始めた。

漫画を描いているのだろうか。やることはきちんとやってくれているので、空き時間は自由に使ってもらって構わないと圭都が言い出したことだった。文哉も家より落ち着くし、作業が捗るそうだ。

ふいに「はあ、やっぱかっこいいわ」と、大きな独り言が聞こえてきた。

厨房で明日の仕込みをしていた圭都は思わず声をかける。「なんの話？」

「いや、今ネットニュースを見ていたんすけど」

「ネットニュース？」

なんだ、漫画を描いていたのではなかったのか。

「店長も見てくださいよ。この佑星がもうかっこよすぎて」

厨房に入ってきた文哉がタブレットを見せてきた。画面に映し出された男の顔が目に入り、圭都は咄嗟に息をのんだ。

「ね、かっこいいっすよね。俺、好きなんすよ。あれ店長、まさか知らないわけじゃないっすよね？　超絶かっこいい、世界のユウセイ・カジウラっすよ？」

反応のない圭都を不審に思ったのか、文哉が顔を覗き込んできた。

「……いや、知ってることは知ってるけど。ファンだったっけ？　初めて聞いた」

「実はたまたま、出演している映画を見たのがきっかけで、それがもうメチャメチャかっこよくて大ファンになったんすよね。店長は見ました？」

先ほどまでの退屈そうな表情を一変させて、文哉が楽しそうに件の映画のタイトルを口にする。

昨年世界中で話題になった大ヒットハリウッド作品である。

見てはいないが、さすがに情報は入る。ハリウッド作品に日本人俳優が出演すればニュースになるし、その作品が有名な映画賞を受賞したものだから一時期は聞きたくなくてもそいつの名前が耳に入ってきた。

文哉いわく、『超絶かっこいい世界のユウセイ・カジウラ』は、日本では誰もが知る国民的人気俳優だ。デビューして十年の二十八歳だが、その類い稀なるルックスと才能が海外でも高く評価され、五年前から本格的に活動拠点を海外に移して俳優業を中心に活躍している。名だたる国際的スターとの共演が話題となり、海外の人気ドラマにも次々に出演。世界の映画賞を立て続けに受賞したことで一気に知名度が上がると、昨年発表された『世界を変える100人のアルファ』に、日本の芸能界から唯一選ばれた。

文哉がネットのインタビュー記事を見ながら言った。

「海外のトップ女優たちとの噂もいろいろあったりして、移住してもう完全に向こうでやっていくんだと思ってたんすけど、今年になって急に日本に戻ってきましたよね。まあ、ファンとしては嬉しい限りっすけど。来年にはまた映画が公開されますよ。店長も一緒に見に行きます？」

「いや、俺はいい。興味ない」

素っ気なく返すと、文哉が「えー」とむくれた。「佑星チョーかっこいいのに。スクリーン越しにイケメンアルファを見るくらいならアルファ嫌いの店長でも平気でしょ。国宝級イケメンは見ないと損っすよ。目の保養、マジ神だから！」

文哉がタブレット画面をこちらに向けて近づけてくる。すかしたポーズで映っているイケメン俳優様の画像を見やり、圭都は顔が盛大に引き攣るのが自分でもわかった。

「……誰が神だよ」

白けた気分でぼそっと呟き、すぐに画面から目を逸らす。ふんと鼻を鳴らして壁時計に目をやると、もう五時を過ぎていた。閉店まで一時間を切っている。

「文哉、ケーキはあとどれくらい残っている？」

訊ねると、文哉が売り場に戻って冷蔵ショーケースの中身を数え始めた。

「ショートが三、チーズケーキが四、シュークリームが三……」

圭都は溜め息を零した。

最後にケースの中身が完売したのはいつだったか。少なくともこの数カ月は毎日売れ残りを数えては溜め息をついている。

半年前までは午後七時まで店を開けていた。日によっては閉店を待たずして売り切れることもあったし、文哉も「スタッフをもう一人増やしてくれ」と嘆くほどの客入りだった。

それが駅周辺の開発により、みるみるうちに状況が変わった。

客がいないのに店を開けていても経費が嵩むばかり。やむを得ず営業時間を短縮し、売れ残りを減らすために生菓子の種類も減らした。今となってはスタッフを増やさなくてよかったと思っている。現在の経営状態では文哉一人を雇うだけでもカツカツなのだ。

仕事内容は圭都一人でも十分回せるが、文哉にはいてもらわないと困る理由があった。

「どうせもう誰も来ないだろうし、そっちはいいから絹田さんとこにお使いに行ってくれるか。

イチジクをもらったお礼に適当にケーキを詰め合わせて、さっき焼いたイチジクのパウンドケーキと一緒に持っていってもらいたいんだけど」

「はい、了解っす。こっちのイチジクのタルトはどうします？」

「それも何個か詰めて。大家族だから、子どもが好きそうなのも適当に」

「うっす。ケーキの取り合いになりますね。あ、俺も一個もらっていいっすか」

「いいよ。好きなだけ持って帰ってよ」

「やった！」文哉が白い歯を見せてにかっと笑った。「店長のイチジクのタルト、俺大好きなんすよね」

鼻歌を口ずさみながらケーキボックスを手慣れた様子で組み立てていく。

「去年も同じこと言ってたよな」

「でも去年は売り切れてなかなかお零れにあずかれなかったから……あっ——と」

文哉がしまったとばかりに慌てて口を閉じた。圭都は苦笑した。「確かに去年のこの時期は、売れ残りがほとんどなかったもんな」

文哉が一旦閉ざした口を不満げに開いた。

「見栄え重視で写真に撮ることだけが目当てのやつらに、この美味しさはわかんないんすよ。オモチャみたいな毒々しい色のケーキなんて、俺はまったく食欲をそそられませんけどね。やっぱ、店長のケーキが一番っす。シンプルイズベスト！」

文哉は圭都が作るケーキのファンだ。オープン時から店に通ってくれていて、アルバイト募集の張り紙をしたその日に彼が名乗り出てくれたのだった。

性格は人懐っこくて人当たりがよく接客向き。実は対人面に不安がある圭都は彼が来てくれて大いに助かっている。四つ年下だが話しやすく気を使う必要がないところは一緒にいてとても楽だ。いつかはケーキを題材にした漫画を描いてみたいと言ってくれていて、圭都も文哉が漫画家として成功する日を楽しみにしている。

文哉が用意した大きなケーキボックスを大袋に入れた。

「それじゃ、行ってきます」

「行ってらっしゃい」

見送って、圭都はさてと後片付けに取りかかった。

それから数分も経たずにチリンとドアベルが鳴った。文哉が忘れ物をして引き返してきたのだと思った。

「どうした、忘れ物か……」

厨房から顔を出した圭都は咄嗟にびくっと固まった。

客だ。

フロアに全身黒ずくめの男性が立っていた。黒いキャップに黒いマスク。黒のパーカと細身のパンツ。長身に見合う均整の取れた体格は立派で、手足が驚くほど長い。

常人離れした圧倒的なスタイルのよさに目が奪われる。

圭都は息をのみ、ぶるっと胴震いをした。一瞬で悟る。

この客、アルファだ――。

「あの」と、男が低い声を発した。

腰に響く美声に、圭都はびくんと金縛りが解けるようにして我に返った。

「あ、はい。い、いらっしゃいませ」

声が上擦る。全身の毛穴からじわりと変な汗が滲み出て、動悸がし始める。

今日はもう客は来ないと思っていたのに。それも、圭都が大の苦手なアルファだ。

こんな時に限って頼みの綱の文哉は出かけているし、圭都が接客する他なかった。

急いでマスクをし、圭都はカウンターに立った。

キャップを深く被った男はショーケースをじっと見つめている。

先ほど文哉に持たせたためケーキはほとんど残っていない。それでも男はいくつか目星をつけると、指をさして言った。

「チーズケーキと、イチジクのタルトを一つずつ」

「は、はい。チーズケーキと……イチジクのタルトですね」

圭都はショーケースを開けてトレイにケーキを載せると、「こちらでよろしいですか」と見せた。

男がショーケースに一歩歩み寄る。圭都は反射で後退りたくなるのを必死に耐える。男が指で鍔を軽く持ち上げる様子を目の端に捉えて、咄嗟に目を伏せた。

アルファとの接触はできる限り避けなければならない。目を合わせるだけでも体が反応して、くしゃみが出ることがある。

アルファアレルギー――圭都が抱えている疾患である。

アルファに対してだけ反応し、くしゃみが出たり肌が痒くなったり、ひどい時は全身にじんましんが出て数日症状が引かないこともある。圭都は十代半ばに発症し、当時世話になった医者には非常に稀なケースだと言われた。

なぜなら、圭都は同時期にベータ性からオメガ性への変異も経験していたからだ。つまり圭都は元ベータのオメガなのである。

バース性の変異は十代のフェロモンが安定しない思春期に時々起こり、特にベータは一度判定が出ても十八歳頃までは確定が難しいとされている。

圭都が変異したのは十五の時だ。

それまではベータとして生きてきたのに、ある日突然オメガだと言い渡された。

それからすぐにアルファアレルギーを発症して、医者は変異の影響も少なからずあるだろうと言っていた。アルファアレルギーは世界的にも発症例が少なく、研究がほとんど進んでいないため、最新の医学をもってしてもこれといった治療方法はまだ見つかっていない。アレルギー症状を緩和する薬はあるものの、重症化した場合は命の危険性もあり、現状ではアルファに近づかないことが一番の得策だといえた。

バース性の変異自体が非常に珍しいことなのに、その上アルファアレルギーまで発症してしまった圭都の人生はがらっと変わってしまった。

対人面でも苦労が続いたせいか、今も人と接することが苦手だ。

それもこれも、全部あいつのせいなのだ。

ふいに脳裏を先ほど文哉に見せられた画像が過った。

医者は変異もアレルギーも詳しいことはまだ解明されていないと言っていたが、当時から圭都には心当たりがあった。少なくとも圭都のバース変異の原因は間違いなくあの男にある。

梶浦《かじうら》佑星――本名、一色《いっしき》佑星。

今は国際的スターなどともてはやされているが、圭都にとっては保育園から中学校まで一緒に過ごした幼馴染みである。彼の引っ越しを機に疎遠になり、いつの間にか芸能界デビューをしていたと知った時は驚いた。圭都がフランスにいる間に彼も海外に拠点を移したことはネットニュースか何かで見たが、日本に戻っているとは知らなかった。

「あの」と、男性客が圭都の回想を破るように言った。

はっと我に返って顔を上げると、キャップを目深に被り直した男が「そっちのクッキーもいいですか？」と訊いてきた。

「ああ、はい。どうぞ」

慌ててクッキーの入ったカゴを差し出す。選んでいる間に圭都はケーキを箱に詰めるために背後の作業台を向いた。

軽くはなを啜る。くしゃみは出ないが、男の声を聞いただけでぞくぞくっと背筋が痺れるような感覚があった。

こんな寂れた商店街の一角に生活水準が高いエリートのアルファが現れることはめったにない。しかし今回のように、時々気まぐれな客がやって来るのだ。

目の前の客にもちろん罪はない。むしろこの閑古鳥が鳴く店に足を踏み入れてくれただけでもありがたい存在だ。そう頭では思いつつも、どうしても体がアルファの存在を受けつけない。

幸い今日は調子がいいのかくしゃみが出ない。ひどい時は連発して客を不快にさせることもあるため、いつもは事情を知る文哉が対応してくれているのだ。

圭都は訊ねた。「お決まりですか？」

男がクッキーの袋を二つ手に取って差し出してくる。「これとこれを一緒に」

「かしこまりました」

圭都は両手を差し出した。クッキーを受け取ろうとして、ところが男が寸前で手を横にずらしたために、袋ではなく手と手が触れ合ってしまう。

その瞬間だった。ビリッと電流が全身を駆け抜けた。

あまりの衝撃にびっくりして圭都は反射的に手を引っ込めた。男も驚いたように袋から手を離し、支えを失ったクッキーがショーケースの上に落ちる。

咄嗟に顔を上げた途端、キャップの鍔で隠れていた男の目もとを視界に捉えてしまう。

圭都は思わず息をのんだ。

どうして、この男がここにいるんだ――！

無意識にひゅっと喉が鳴り、どくんと大きく高鳴った心臓がたちまち早鐘を打ち始めた。

血液が沸騰したように熱くなって、そうかと思うと体の先端から中心に向けて大波が迫ってくるかのように一気に全身の肌がブツブツと粟立つ。

まずい、じんましんが出る。

圭都は青褪めた。直感で、いつもの軽度のアレルギー症状とは違うと悟った。重症だ。体内の血管という血管を痺れるような熱が駆けずり回っているのがわかる。激しい動悸で胸が苦しく、上手く呼吸ができない。がくがくと膝が揺れ、眩暈がする。

「……っ」

圭都は立っていられず、咄嗟にショーケースにしがみついた。

「？　どうかしたのか」

不審に思った男がショーケース越しに身を乗り出してきた。その瞬間、圭都の膝から完全に力が抜ける。「おいっ」ずり落ちる圭都の腕を男が掴んだ。

途端にびくびくっと痙攣した圭都は、なけなしの力で男の手を振り払った。

「さ、触るな……っ」

「え？」

その時、チリンチリンとベルが鳴った。

「戻りました——わっ、お客様。失礼しました、いらっしゃいませ……あれ？　店長！」

店内の異様な空気を瞬時に察して、文哉がカウンターの中に飛び込んできた。

ショーケースの裏で蹲っている圭都を見つけて顔色を変える。

「店長、しっかりしてください。立てますか？」圭都の傍に寄り添い、支えるように背に腕を回しながら耳打ちしてきた。「いつものやつっすか。このお客さん、アルファっすよね」

文哉がちらっと目をカウンターの外に向ける。ベータの彼でも一目見てアルファだとわかるほど男はただならないオーラを放っていた。

彼に腕を掴まれた瞬間、全身に強い電流が走り、息が止まるかと思った。

圭都は文哉の顔を見てようやくまともに呼吸ができた気分だった。

「……うん。さっきから体中が熱くて息苦しい。俺の顔、じんましんが出てないか」

「今のところ大丈夫っす。とりあえず見えるところには出てないみたいすけど、気分悪いすか。薬を持ってきましょうか」

「いや」圭都は首を横に振った。「しばらくじっとしていたら治まると思う。とりあえずここか

ら一旦離れたい。後を頼んでもいいか」

「了解っす。こっちは俺がやりますから、奥で休んでいてください。一人で歩けます？」

「大丈夫。ありがとう」

圭都は男から顔を隠すようにしておざなりに会釈をすると、がくがくと震える足でどうにか踏ん張り、壁を伝いながら厨房まで移動した。

椅子を引っ張ってきて腰かける。まだ心臓が爆音を立てている。

腕を掴まれた箇所がチリチリと火傷したみたいに熱い。急いで袖を捲り上げたが、じんましんは出ていなかった。鏡で自分の顔を見て、特に異変がないとわかるとほっと胸を撫で下ろした。

「絶対に真っ赤になって腫れ上がっていると思ったんだけどな」

あの男がアルファなのは間違いない。

普段ならあれだけアルファと接触すればとっくにくしゃみが止まらなくなっている。ところがくしゃみも発疹も出ず、こんなことはアレルギーを発症してから初めてのことだ。

いや、何もないわけではなかった。

いつもの症状に代わって、今回は触れた瞬間に生じた静電気のような衝撃から始まり、全身の急激な火照り、激しい動悸に息苦しさ、眩暈。そして、それらに加えて下半身のありえない違和感。

「……っ、うそだろ。なんでこんなとこまで……っ」

コックコート越しにもわかる股間の昂りに圭都は動揺を隠せなかった。硬く張り詰めた自身を見下ろして、羞恥にカアッと顔を熱くする。

ヒートでもないのにここまであからさまに反応すること自体おかしい。相手がアルファだからといって、こんなふうに突然欲情するなんてこれまでなかったことだ。

まさかこれも、あいつのせいなのか――？

圭都は急いで奥のロッカールームに駆け込んだ。鞄をあさり、錠剤の小瓶を取り出す。アレルギー用ではなく、オメガのヒート抑制剤の方だ。

ペットボトルの水で錠剤を飲み下す。

軽いヒート症状は一時的なものだったようで、抑制剤を飲んでほどなくして下半身の昂りは収まった。

ほっとして厨房に戻ると、文哉が心配そうに待っていた。

「あ、店長。具合はどうすか」

「大丈夫、さっき薬を飲んで落ち着いた」

飲んだ薬が抑制剤だとは言えなかった。

「接客代わってくれて助かったよ。ありがとう」

「いやいや、俺もタイミングが悪かったです。もう少し待ってから出かけたらよかったっすね。まだお客さんが来るとは思わなかったな。しかもアルファ。戻ってきてびっくりりっすよ」

「俺も油断した」

「今日はくしゃみは出なかったんすか。じんましんは？」

「どっちも出てない。服の下も確かめたけど、どこにも発疹は出てなかったし痒くない。鼻もむずむずしない」

「へえ、珍しいすね。いつもは花粉症みたいにクシュンクシュン連発してるのに」

「そうなんだよな。こんなことは初めてで自分でも不思議なんだけど」

コックコートの袖を捲って発疹の出ていない腕を見せながら、圭都はさりげなく訊ねた。

「……さっきの客、なんか言ってた？」

圭都の背後からコートの襟を引っ張って、背中にもじんましんが出ていないか確認していた文哉が「ああ」と答える。

「店長のことを心配していましたよ。貧血だって適当にごまかしておきました。何か言いたそうにしてたんすけど、電話がかかってきてすぐに出ていっちゃいましたから。ていうか、実は俺気づいちゃったんすけど」

文哉が急に声を落として言った。

「あのお客さん、梶浦佑星でしたよね？」

手からぼとんとミネラルウオーターのペットボトルが床に落ちた。

「落ちましたよ」と、文哉がペットボトルを拾いながら興奮しきった声で続ける。「店長、見ませんでした？　帽子とマスクで隠していたけど、目が！　あの目はもう絶対にそうっすよ！　ヤバイヤバイヤバイ！　かっこよすぎて気絶するかと思った」

女子高生のようにキャッキャと騒ぐ文哉の隣で、圭都は収まっていた動悸がぶり返すのを感じていた。一気に体中の汗腺が開き、どっと変な汗が噴き出す。やはり見間違いではなかった。圭都も客の正体に気づいた瞬間、文哉とは別の意味で卒倒するかと思った。

まさか今更佑星と再会するとは――。

「いや、でも、あっちは俺のこと気づいてなかったよな？　だとしたら、本当に単なる偶然って可能性も……」

たまたまケーキが食べたくなって、たまたま通りかかった商店街で、たまたま目についた店に入っただけ……？

言葉にすると不自然に思えるが、案外そういう偶然は日常に転がっている。

文哉の話を聞くに佑星は圭都の体調を気遣うそぶりは見せたものの、圭都自身について何かを訊ねることはなかったようだ。

考えてみれば、最後に彼と会ったのはもう十三年前も前のこと。それ以降は一度も連絡を取っていない。勝手に情報を共有される有名人の佑星は別として、一般人の圭都が今どこで何をしているのかなど向こうが知るよしもない。大人になった圭都に気づくどころか、圭都のことを覚えているかすら怪しかった。

「それはそれでムカツくけどな」

ぼそっと毒づき、やけ気味にペットボトルの残りの水を一気に飲み干す。

――だったら、圭都がオメガになってよ。

ふいに脳裏にはるか昔の少年の声が蘇った。

――圭都がオメガだったらよかったのに……俺は圭都のことを親友だなんて思ってない。

思わず顔を顰《しか》める。閉じた瞼の裏に今とは違う中学生の佑星の姿までもがちらついて、無意識に小さく舌を打った。

「誰のせいでこんな体になったと思ってんだよ」

両手でぐしゃっとペットボトルを押し潰す。すぐさま頭を横に振って、懐かしくていまいましい過去の残像を掻き消した。

2

星森圭都と一色佑星が初めて顔を合わせたのは、二人が五歳になる年だった。

一色家が隣に越してきて、親子揃って挨拶に来たのだ。

お隣さんの子どもが自分と同い年の男の子だと聞いて、圭都は昨日から舞い上がっていた。どんな子だろうか。家が隣なら、保育園に一緒に通って家に帰ってからも遊べるじゃん。どんな遊びが好きかな。仲良くなりたいな。

初めて会った佑星の印象は、なんか王子様みたい――だった。

保育園で読んだ絵本に出てくるかっこいい王子様。実際、佑星は同い年の子の中でも背が高くすらっとしていて、髪はさらさらで顔立ちも整っていた。

親たちが頭上で挨拶を交わす中、低い位置で佑星と目を合わせた圭都は昨日から頭の中で何度もシミュレーションを繰り返してきた言葉を口にした。

「俺、星森圭都っていうんだ。仲良くしような。わからないことがあったらなんでも訊いてよ。いろいろ教えるから」

握手を求めて手を差し出す。目を大きく見開いた佑星は面食らったように固まってしまった。

母親に急かされて、ようやく「……一色佑星。よろしく」と、ぼそぼそとした声音が返ってくる。

つんとすました声に愛想はなかったが、半ズボンの横で小さな手が結んで開いてを繰り返しているのを圭都は見逃さなかった。すぐさま佑星の手を掴んでぎゅっと握る。驚いた佑星が咄嗟に手を引こうとしたが、圭都は決して離さず、強引にぶんぶんと力強く振りながらにぱっと笑って言った。「よろしくな、佑星!」

その一瞬、王子様のようなかっこいい顔がふわっと綻ぶのを目の当たりにした。はにかむように笑った佑星を見て、あ、いいな、と思った。大人びたすまし顔よりこっちの方が断然いい。仲良くなれそうな気がした。

佑星の両親は共働きで、佑星も圭都と同じ保育園に通うことになった。

お隣さんなので、保育園から帰ってからも遅くまで一緒に遊べると考えていたが、実際はそんなことはなかった。

圭都の母親はパートで働いていたが、保育園のお迎えは割と早い時間帯に来てくれた。対して佑星の両親は遅くまで仕事で、いつも圭都が先に帰り、佑星は見送る側だった。佑星と会うのは保育園だけで、その保育園でも佑星はあまり他の子と遊ぶことはせず、みんなの輪から離れて一人で本を読んでいることが多かった。

そんな佑星を圭都はいつも気にかけていた。

こっちに来てみんなと一緒に遊ぼうよ。何度誘っても、佑星は毎度首を横に振るばかりで「僕はいい」と素っ気なく断られた。だが、圭都は諦めなかった。一人でいようとする佑星に何かと話しかけて、絶対に一人にはしなかった。そのうち佑星も根負けしたのか、圭都と一緒に少しずつみんなの輪に加わるようになった。年長組になる頃には、佑星はみんなの輪の中心にいて、楽しそうに笑っていた。

小学校に上がると、クラスが違っても登下校はいつも一緒だった。朝は圭都が佑星を迎えに行って、放課後はどちらか早く終わった方が相手の教室の前で待っている。佑星の両親は相変わらず忙しかったので、自然と佑星は圭都と一緒に星森家に帰るようになった。夕飯を一緒に食べて、風呂にも入って、父親か母親のどちらかが迎えに来ると「また明日」と言って隣の家に帰っていく。もう家族同然だった。

クラス替えで同じクラスになると、朝から晩までほとんど一緒にいた。周囲もそれを知っていて、佑星が見当たらない時は圭都に、圭都を捜している時は佑星に行方を訊くほどだった。誰もが認める大親友。同級生の自分たちの印象はそんなところだっただろう。

圭都もその言葉を気に入っていた。佑星の両親からも「ケイちゃんがいてくれて本当によかった」「佑星はこっちに引っ越してきてから毎日とても楽しそうにしているんだよ」「家でもケイちゃんの話ばかりしているのよ」「あの子が笑っているのはケイちゃんのおかげだわ」「ずっと佑星の親友でいてやってね」そんなふうに言われて、圭都は親友という自分の立場に誇りを持ち、一層その言葉を意識するようになった。

圭都の母親からも「本当に双子みたいにぴったりくっついているわね」と笑われたし、父親には「いいなあ、俺も仲良しの幼馴染みがほしかったなあ」と羨ましがられた。それが圭都はとても嬉しかったのだ。

自分と佑星は唯一無二の大親友だ。それはこの先もずっと変わらない。

四年生の二学期が半分過ぎた頃だった。佑星が突然ある言葉を言い出した。

「ねえ、圭都。〝うんめいのつがい〟って知ってる？」

その時は正直ピンときていなかった。ただ、大人びた佑星が口にする言葉がなんとなくかっこよくて、秘密めいていて、ドキドキしたのを覚えている。

圭都はその年の夏休みにバース検査を受けてベータ判定が出ていた。両親ともにベータ家系なので納得の結果だった。一方の佑星はもっと前に検査を受けていて、アルファの両親の間に生まれた純粋なアルファだと聞いていた。

圭都は両親から自分のバース性についてはもちろん、佑星のことも他人には絶対に教えないように口を酸っぱくして言われていたので約束は守っていたが、正直バース性がどういうものかについてはあまり理解していなかった。

「ベータでも、人によっては成長の途中でオメガに変わることがあるらしいよ」

なので、バース性の変異について佑星から教えられても、ふうんと思うだけだった。

「もし圭都がオメガになったら、俺の〝うんめいのつがい〟になってくれる？」

「うん、いいよ。なろうぜ、〝うんめいのつがい〟」

何も考えていない、単なる子どもが思いつきで交わした他愛《たわい》もないやりとりだ。

だがその頃から佑星は度々『番』とか『オメガ』という言葉を口にするようになった。

「番とか面倒なシステムだよな。俺もベータに生まれたかった」

「圭都がオメガだったらよかったのに」

中学に上がる頃になると、佑星は圭都の前で口癖のようにそんなことを言っていた。

冗談だとわかっていたし、佑星の家庭の事情を両親からちらっと耳にしたことがあったので、圭都も笑って適当に流していた。

佑星の父方の実家である一色家は日本有数の大企業グループで、佑星たち一家も引っ越してくる前は一色の本家で暮らしていたそうだ。ところがアルファ至上主義の一色家現当主でもある佑星の祖父と、その長男である父親の反りが合わず、佑星たちは逃げるようにして一色の家を出てきたという話だった。

アルファのエリート家系に生まれた佑星には、ベータの一般家庭で育った圭都が想像もできないような悩みや苦難があるのだろう。

だが、それはベータの自分がどうにかできるようなものではない。話を聞くぐらいはできても、佑星がそれを望んでいないのに圭都から根掘り葉掘り訊ねることははばかられた。

中学生になっても、相変わらず圭都は佑星と一緒にいた。

圭都はパティシエの叔父の影響で菓子作りに目覚めて、趣味はお菓子作りだと言うくらいはまっていた。味見役はもっぱら佑星と彼の六つ下の弟で、時間があると台所に立ってスイーツ作りに勤しんでいた。

作った菓子を学校に持っていき、よく佑星とおやつに食べた。それがどう気に入らなかったのか、同級生の男子に菓子作りの趣味を揶揄われたことがある。当時の圭都は小柄で中性的な顔立ちをしていたので、それも揶揄われる一因になっていた。その時、幼稚な厭みを言う男子たちを、一人大人びた対応で一蹴してかばってくれたのが佑星だった。

親友という言葉をあれほど大事に噛み締めた瞬間はなかった。

「俺、佑星と親友でよかった。一生親友でいような！」

きっと佑星とはこの先もずっと一緒にいるのだろう。佑星が困っている時は圭都が傍で支える。進学や就職で目指す道は違っても、親友として当たり前のように隣に居続ける未来が容易に想像できて、それがたまらなく嬉しかった。

中学三年の夏休みに、佑星たち一家がしばらく家を空けたことがあった。旅行だと聞いたが、受験生なのに随分と余裕だなと思ったものだ。とはいえ、学年で中の上レベルの成績の圭都と比べて、佑星は常に上位を保っていて、同じ志望校でも佑星は余裕で合格圏内にいた。そのことに少し疑問と不満を持った。

もっと上を狙えるのだから、こっちに合わせなくてもいいのに。

当時の担任にも圭都は呼び出されて、志望校のレベルを上げるよう佑星を説得してほしいと頼まれた。圭都も担任の意見には賛成だった。ところが佑星は頑なだった。

「圭都と別々の高校に行くくらいなら、進学する意味もない」

そんなふうに投げやりに言うからつい圭都も腹が立って、その時初めて佑星と喧嘩をしたのである。

数日口をきかなかったが、結局、佑星が折れて謝ってきたのを覚えている。圭都も佑星の進路に口出しする権利はないと反省して、その時は仲直りをしたのだ。

しかしそれ以降、佑星の口癖がますますひどくなっていった。

二人になるたびに、「圭都がオメガだったらよかったのに」と言われて、さすがにうんざりとしていた。時々佑星が何を考えているのか本気でわからなくて、圭都も戸惑うことが増えていた。

思えば夏休みの旅行後から、佑星はどこか様子がおかしかった気がする。圭都への執着が日に日に増していくように感じ始めたのもその頃からだった。

佑星の十五歳の誕生日を前に、圭都はプレゼントに何がほしいか訊いたことがあった。

佑星は迷いもなく、「圭都がほしい」と言い放った。

「いや、その冗談は今日はいいから」

「冗談なんか言っていない。圭都がほしいんだ。ずっと一緒にいたい。離れたくない」

妙に思い詰めた様子の佑星に、圭都は瞬時に何かがおかしいと察した。いつも飄々としている佑星の目が不安に揺れている。何をそんなに不安になることがあるのだろう。

一緒にいたい。離れたくない。つまりはそれが佑星の言いたいことなのだと解釈した。圭都は彼が望む言葉を返そうと懸命に頭を働かせた。

「もちろん一緒にいるよ。だって俺たち親友だろ？　別に離れる必要なんかないし、俺も佑星とは一生友達でいたい」

その時の佑星がどういう顔をしていたのかはっきりと思い出せない。何か言っていたような気もするが覚えていなかった。最後に笑って「わかった」と返されたことだけ覚えている。笑おうとして上手く笑えないようなどこか歪な笑顔が印象的だった。

一色家の引っ越しを母親から聞かされたのは、それからしばらくした頃だった。

とっくに佑星から聞いているものとばかり思っていた母親は、言葉をなくした圭都に驚き、珍しくあたふたしていた。

その夜、父親と母親がリビングで話しているのを聞いてしまった。

「一色さんち、事業に失敗して借金を抱えているらしくて、その借金を肩代わりしてもらう条件で実家に戻ることになったらしいのよ。ほら、佑星くんはアルファでしょ。お祖父様が佑星くんを一色の跡継ぎにしたいんですって。許婚までいるらしくて、夏休みに佑星くんはそのお嬢さんと会って、もう話が進んでいるみたいよ……」

すべて初耳の話だった。

佑星から何一つ教えてもらえなかったことがこれ以上ないくらいショックだった。

自分たちは親友ではなかったのか。あれほど圭都と離れたくないと言っていたくせに、結局は自分から離れていくのではないか。

引っ越しのことを問い詰めると、佑星はあっさりと認めた。どうして話してくれなかったのかないがしろにされた気がして、圭都は佑星を呼び出した。

と怒りながら問うた圭都に、佑星は逆ギレしたように言った。

「だったら、圭都がオメガになってよ」

「は？」圭都は苛立ちをこらえきれずに叫んだ。「何を言っているのか全然意味がわかんねえよ！話をはぐらかすなよ。こっちは親友に裏切られてただでさえショックなのに——」

「これ」と、佑星が圭都の声に被せるようにして言った。

思わず押し黙った圭都に指先で摘んだピンクの錠剤を見せつけてくる。

「一色グループの傘下にある製薬会社が開発した新薬なんだけど、バース性の変異を促すものらしい。一般性を特定の性に変異させることができるんだ」

「は？　なんの話をしてんだよ」

「つまり、これを飲むとベータはオメガに変異することになる」

「え？」と聞き返すと同時に、佑星が圭都を突き飛ばした。圭都はあっけなくバランスを崩して背後のブロック塀にぶつかった。直後、佑星が覆い被さってくる。逃げる間もなく顎を掴まれて上を向かされた。

「なっ……んんっ」

強引に唇を奪われた。歯列を割って入ってきた舌が圭都の舌を搦め捕る。ほのかに甘い味がした。そう感じた次の瞬間、ごくんと何かを飲まされた。

濡れた唇から透明な糸を引いて佑星が離れる。

圭都は息を荒らげながら茫然と佑星を見つめた。佑星が無感情に見つめ返してくる。

「……お前、今何を飲ませたんだよ」

「さっき説明しただろ？　ベータがオメガになる薬だって」

「ふざけんな！　なんなんだよ、お前。肝心なことは何も言わないくせに、勝手におかしな薬を飲ませるとか何考えてんだよ！」

「俺は肝心なことはちゃんと伝えてきたよ。圭都がオメガだったらよかったのに――って」

圭都はカッと頭に血が上るのが自分でもわかった。

「俺はオメガじゃないし、一般人のベータなんだよ。お前はアルファだけど別にそんなこととは関係なく、お前が誰と結婚しようと、俺はこれから先もずっと親友として……」

「俺は圭都のことを親友だなんて思ってない」

圭都の言葉を遮るように佑星が言った。後頭部を鈍器で殴りつけられたような衝撃を受けて、ショックで一瞬目の前が真っ白になった。

「……ああ、そうかよ。わかったよ、もうお前なんか勝手にどこにでも行けよ。じゃあな！」

叫んで、圭都はその場から走り去った。すぐに涙が溢れてきて前が見えなくなった。

家に帰って、トイレに駆け込んだ。

気分が悪くて吐瀉したものの中に僅かにピンク色が見えた気がしてほっとした。

それから後のことを圭都はよく覚えていない。

原因不明の高熱が出て、気がつくと病院のベッドの上にいた。三日後、ようやく熱が下がってから念のために血液検査を受けた。そこでバース性の変異が起こっていることが判明したのだ。

医者は世界的にも稀だが症例はあり、思春期に起こりやすいものだと結論づけたが、圭都はとてもそうは思えなかった。

絶対に佑星のせいだ。あのおかしな薬の成分が体内に残っていたのだ。

ショックを受けた圭都は、更に医者と母親の会話を盗み聞いて愕然とした。

「思春期に多い症例ですが、もう一つ挙がっているのがアルファとの過剰な体液の交換がきっかけとなってバース性の変異が起こったという症例です。まあ、これは圭都くんには当てはまらないでしょうが……」

アルファとの体液の交換。そういえばあの時、佑星は圭都に口移しで薬を飲ませてきた。今考えると、あれが圭都のファーストキスだった。もし、薬と佑星の唾液が二重の引き金となって圭都のバース性を変異させたのだとしたら。

しかし、だとしても圭都はそのことを誰にも言えなかった。話せば佑星とキスしたことがばれてしまう。思春期の過剰な羞恥心がそれを許さなかった。絶対に誰にも知られるわけにはいかないと、十五歳の圭都はだんまりを貫き通した。

オメガ変異で入院期間が延び、退院する頃にはすでに一色一家は引っ越していた。

その後、圭都は新たにアルファアレルギーまで発症してしまい、それからの人生はオメガとしての体質の変化と周囲の目、そしていまだに原因が解明されていないアルファアレルギーに随分と苦しめられてきた。

佑星とはあれ以来一度も会っていない。

親友ではないとはっきり言われたので、圭都ももう会いたいとは思わなかった。

佑星に裏切られたショックは大きく、圭都はその後しばらく人間不信に陥った。更に突然のオメガ変異で心身ともにひどいストレスに晒されたことも辛かった。

ちょうどその頃、両親の海外勤務が決まった。環境を変えて心機一転するのもいいかもしれない。圭都は二人についていくことも考えたが、迷っている圭都に自分の家に来ないかと誘ってくれたのが叔父だった。圭都が製菓の道に興味があるのなら、製菓コースのある高校に行ったらどうか。そう提案してくれて、圭都は急遽進路を変更することにしたのである。両親と離れて一人日本に残り、パティシエの道を目指して新たな土地で新生活をスタートさせたのだった。

そのうち、風の便りで佑星が芸能界デビューをしたことを耳にした。てっきり祖父の意向を酌んで一色の後継者に納まるのだと思っていたが、テレビ画面越しに目にした姿は芸名を使っていたものの、確かにかつて隣に住んでいたあの幼馴染みだった。こんな形で一方的に再会を果たすとは思わなかった。

きらびやかな世界、華やかな衣装を纏って見たことのないような笑みを浮かべる佑星を目にした瞬間、なんとも言えない気持ちになった。

こっちはあんなに辛い思いをしたのに——どうしてこの男はのん気にヘラヘラと笑っているのだろう。

ひどくバカにされた気分だった。腹が立つというより、悲しくなった。

もう二度と会うことはないだろうが、それでいい。これ以上、あいつのせいで傷つくのはまっぴらだった。

3

再び招かれざる客が店にやって来たのは、それから三日後のことだった。

最後の客が去ってから数時間ぶりにチリンとドアベルが鳴り、タブレットで漫画を描いていた文哉が慌てて顔を上げた。そろそろ閉店時間が迫った頃だった。

「いらっしゃいませ――あ！」

文哉の驚いた声に、明日の仕込みをしていた圭都も手を止めて厨房からこっそり売り場を覗き見る。そして「げっ」と思わず声に出してしまった。

ショーケースの前に佑星が立っていたからだ。

相変わらず黒のキャップとマスクで顔のほとんどが隠れているにもかかわらず、常人ではない圧倒的なオーラが駄々漏れしている。

「なんでまたあいつが来てるんだ。売れっ子のくせにそんなに暇なのかよ」

圭都は俄《にわか》にあたふたし始めた。粉の入ったボウルを抱えてわけもなく右往左往する。

接客をする文哉は、後ろ姿でもわかるほど浮かれて完全に心を奪われていた。

圭都は小さく舌を打った。

一度目の来店は偶然だったと割り切って、完全に油断していた。まさか二度も現れるとは。

どぎまぎしながら厨房に隠れて様子を窺う。

タートルネックにブルゾンを羽織ったシンプルな服装は、彼の抜群のスタイルを一層際立たせていた。狭い店内が一瞬できらびやかなランウェイに変わり、ただケーキを選んでいるだけなのに、軽く顎に指を添えて悩む姿は映画のワンシーンのようだ。

なんだか無性に腹が立つ。

「くそっ、何しに来たんだよ」

先ほどから心臓が異常なほど高鳴っている。

不思議なことにアルファアレルギーの症状は出ていない。いつもならアルファの客が店に入ってきた時点で鼻がむずむずし出すのだが、今日はそこに立っているのが佑星だと知るまで、アルファがいることに気がつかなかったくらいだ。

ふいにスマートフォンのバイブレーターが振動した。

圭都はびくっと我に返った。慌ててコックコートのポケットからスマホを取り出す。

画面に表示された名前を確認して、しまったと頭を抱えた。アパートの大家だ。

「――もしもし？」

『ああ、星森さん？』と、電話越しにもかかわらず中年女性の大声が返ってくる。

圭都は一瞬スマホを耳から遠ざけた。「あ、どうも大家さん。お世話になっています」

小声で応じながら急いで厨房を横切り、勝手口から外に出た。

すっかり日が落ちて暗くなった路地裏で大家から家賃支払いの催促を受ける。今月分の支払期日が過ぎていた。

「すみません、バタバタしていてすっかり忘れていました。明日にでもお宅に伺います」

『はいはい、わかりました。お願いしますね。いやね、体調でも崩しているんじゃないかと思って心配していたのよ。この前いただいたケーキ、すっごく美味しかったわ。ちょうどお友達が来て一緒に食べたんだけど、彼女も美味しい美味しいってペロッと二個も食べちゃってね。お店の宣伝もしておいたから』

「ありがとうございます。また持っていきますね」

『あらやだ、そういうつもりじゃないのよ。そうそう、家賃とは別に立ち退きの件もよろしくお願いしますね』

「あー、はい。今物件を探している最中でして……」

それから二言三言交わして通話を終えた。頭の中で金勘定をして大きな溜め息を漏らす。

いよいよ金がない。

家賃を滞納している上に、アパートの老朽化で来月までに立ち退くように言われていた。

店から徒歩三分、築五十年の古いアパートにはもともと叔父が住んでいたのだ。店を継ぐと決めた一年半前、フランスから帰国した圭都は大家に相談して、そのまま叔父が借りていた部屋に住まわせてもらっている。立ち退きの話は当時からあって、それを条件に格安の家賃で借りているので文句は言えない。とはいえ、引っ越すには金がかかる。店の家賃に借金も抱えて、貯金がそろそろ底をつきそうだった。考えるだけで頭が痛い。

「クシュンッ」

唐突にくしゃみが出た。

「クシュッ、ぶしゅんっ」

立て続けにくしゃみが飛び出し、圭都はすぐさま自分の体の異変に気がついた。覚えのあるこの感じ、アレルギーの症状だ。

近くにアルファがいる――？

鼻がむずむずして、またくしゃみが出る。警戒心を強めて辺りを見回す。

路地の奥、人影が現れた。見覚えのあるスーツ姿の男に圭都はびくっと体を強張らせた。

男が言った。「やあ、星森くん」

圭都は咄嗟に息をのむ。「……金本《かねもと》さん」

体格のいい四十がらみの男がニヤニヤと薄笑いを浮かべて歩み寄ってきた。借金取りだ。

「ええっと、今月の返済ですか？　まだ月末まで日にちがありますけど……ハクシュン」

「なんだ、まだ鼻炎が治らないのか」

金本が不快そうに顔を歪めて圭都を見やった。そこだけ切り取れば年の割に肌の艶がよく顔立ちも整った色男だが、見るからにカタギではない雰囲気を漂わせている。

叔父がどういう経緯でこの男から金を借りることになったのかはわからないが、叔父が亡くなったと聞きつけるやいなや、店を引き継いだ圭都の前に現れた。以来、返済日になると自ら出向いて圭都から金を徴収していく。集金だけなら部下をやれば済むことなのに、わざわざアルファの金本に来られるのは正直迷惑だった。

金本には圭都がオメガだとばれている。抑制剤を持ち歩いているのを見られたのだ。アレルギーの方は初対面から鼻をぐすぐすさせていたので、金本は圭都が重度の鼻炎だと思い込んでいる。

マスクを厨房に置いてきてしまった。懸命にはなを啜っていると、金本が言った。

「今日は星森くんに会わせたい人を連れてきたんだ」

「会わせたい人？」

鸚鵡《おうむ》返しに聞き返すと、金本がおもむろに振り返った。店の明かりが届かないところにもう一つ人影が現れる。金本がいつも連れている手下ではない。こちらも上等なスーツを着た体格のいい男だった。金本とそう年は変わらない、眼鏡をかけた神経質そうなインテリだ。蛇のような目で圭都を舐めるようにじっと見ている。

途端に悪寒がして、ざわっと全身の産毛が一気に逆立つのを覚えた。ブツブツと肌に発疹が出始める感覚。この男もアルファだと全身が訴えてくる。

「確かに見目はいいな。貧乏くさいが顔とスタイルは好みだ」

「そうだろうと思った。一条《いちじょう》さんのタイプだろ」

金本がニヤニヤと下卑た笑いを浮かべながら圭都に近づいてきた。くしゃみが出そうになるのを必死にこらえて顔を背けると、圭都の肩を抱き寄せた金本が耳もとで言った。

「あいつは一条といって、番になりそうなオメガを探しているんだよ。もし星森くんが見初められたら、借金はあいつがすべて払ってくれるぞ。向こうは気に入ったようだし一回試してみたらどうだ？」

「——は？」

圭都は困惑した。何を言っているのかわけがわからない。

番とはアルファとオメガの間でのみ交わされる特別なパートナー契約のことだ。ヒート中の性交時に、アルファがオメガの項を噛むことで成立する。これによってオメガのフェロモンが変質し、以降は番となったアルファにしか反応しなくなるのだ。特定のアルファと番になると、オメガからの契約解消は自分が死ぬ以外不可能になる。

つまり金本は、圭都に一条とセックスをしろと言っているのだ。

「いや、ちょっと待ってくださいよ。借金ならきちんと返しますから」

意味を理解した圭都は冗談じゃないと金本を押し返して言った。しかし金本は、離れた圭都の肩を再び強引に抱き寄せて更に畳みかけてくる。

「店の経営状態が悪化しているのは明らかだろ。先月の返済も遅れたよな。今月分はちゃんと払えるのか？　払えたとしてもまだ残りが六百万以上ある。利子もどんどん増えるぞ。今なら上手くやればそれが全部チャラになるんだ。こんなチャンスはないぞ」

耳に息を吹きかけられてぞっとした。猛烈な嫌悪感とともに吐き気が込み上げてくる。

「……っ。す、すみません、ちょっと離れてもらえますか」

「あん？　なんだなんだ、つれないなあ」

冗談めかす金本の言葉に被せるようにして、一条が口を挟んできた。

「いつまでもじゃれていないでそろそろ移動するぞ。ハズレを引かないよう、大金を払う前に相性を確かめておきたい。そこのホテルでいいだろ。ほら、行くぞ」

急かすように腕を掴まれた瞬間、気持ち悪さが限界に達する。

「——うっ」

「おい、そいつに触るな」

えずく寸前、どこからか鋭い怒号が割って入ってきた。

すぐさま足音が駆け寄ってきて、長い腕が圭都をかばうように抱き寄せた。同時に邪魔な二人を容赦なく突き飛ばす。

気づくと圭都はその人物の腕の中にいた。

香水のような人工的なものではないどこか懐かしいにおいが鼻腔をくすぐった。途端に気分の悪さがすっと治まる。むず痒い鼻の奥まで綺麗に洗い流してくれるような清涼感に胸の息苦しさもたちまち消えた。

喉まで上がっていた胃液をどうにかぐっと飲み下し、圭都はほっと胸を撫で下ろす。自分がすがるように抱きついている相手が誰なのか、そのよく通る声ですぐにわかった。

「お前、誰だ」と、金本がドスのきいた声で言った。

佑星は腕の中に抱きしめた圭都を黙って背に押しやった。ヤクザな男たちに怯むどころか、逆に二人を威圧するかのごとくアルファ特有のオーラを放ち、低くすごむ。

「あんたたちこそ何者だ。嫌がる相手に無理やり何をしようとしていた。大金だとかホテルだとか物騒な言葉が聞こえたが、場合によっては警察を呼ぶぞ」

冷静な中にも抑えきれない怒気を纏う佑星に、金本たちが思わずといったふうに押し黙った。同じアルファでありながら、その桁違いのオーラに気おされたようだった。

たじろぐ金本と一条に佑星がじりっと一歩詰め寄る。その時、遠くにパトカーのサイレンが聞こえてきた。

ぶるっと金縛りが解けたみたいに二人が盛大に胴震いをした。チッと負け惜しみのような舌打ちをして佑星を睨みつける金本に、一条が「おい、もういい。行くぞ」と焦ったふうに声をかける。急いで踵を返した一条を金本も追いかける。二人が路地を出ていき、辺りはしんと静まり返った。近づいてきたパトカーのサイレンが徐々に遠ざかってゆく。

「運良くパトカーが走っていて助かったな」

佑星がぽつりと言った。

「圭都、怪我は？　あいつらに何もされていないか？」

問われて、圭都は首を横に振った。頭上で佑星がほっと安堵の息をつくのがわかった。

「圭都が外に出ていくのが見えたから、急いで店を出てこっち側に回ってみたんだ。さっきのやつらはなんなんだ？　あまりいい感じの雰囲気じゃなかったが、どういう関係だ？」

頭がぐらぐらと揺れている。気分の悪さがまたぶり返してきた。口を開くのも億劫だったが、これだけは確認しておかなければと思う。

「……俺のこと、気づいてたのかよ」

掠れた声で訊ねると、佑星が軽く目を瞠った。

「そっちこそ、俺とわかっていて無視をしただろ。前回は途中で逃げられて、今日は店の奥に隠れて出てきてもくれなかった。さすがに傷ついた」

「傷つく？　はっ、よく言う……うっ」

急激に吐き気が込み上げてきた。気持ち悪い。

ぐらりと傾いだ圭都の体を佑星が抱きとめる。「おい、どうした。大丈夫か？」腹が立つほど逞しい胸板を思い切り突っぱねてやりたかったが、どうにも力が入らなかった。

金本たちとの接触で生じた不具合がまだ全身に残っている。一般的なオメガならヒート時以外は特に害のないアルファが発する微量のフェロモンも、アルファアレルギーの圭都にとっては毒だ。それも一気に二人分を近距離で浴びたせいで、通常より症状が重く出たのだろう。すでに発疹が現れている肌は熱を持ち、意識が朦朧とし出す。内臓のあちこちに泥が沈殿しているかのように体が重たかった。呼吸は浅く、気分がすこぶる悪い。

「圭都？　これは――じんましんか？　首にまで広がっている。呼吸もおかしい。すぐに病院に行こう。今タクシーを拾って……」

「……や、もう……無理……うげえっ」

次の瞬間、圭都は佑星に向かって胃の中のものを盛大にぶちまけていた。

目を開けるとすでに辺りは明るかった。

「……朝？」

あれ？　いつ家に帰ったんだっけ？　圭都は寝ぼけた頭で考える。

昨日は確か――記憶を呼び戻そうとして、首もとに絡みつく重さに気がついた。

「なんだこれ……えっ」

それが人の腕だとわかった瞬間、完全に目が覚めた。反射でばっと首を捻る。横に誰か寝ている。ぎょっとした圭都はその男の顔を認めるやいなや、卒倒しかけた。

見覚えのない大きなベッドの上、圭都を抱きしめて気持ちよさそうに寝ていたのが佑星だったからだ。

「つっつっつ⁉」

声にならない悲鳴を上げて、圭都は飛び起きた。

どういうわけか、下着以外何も身につけていない自分の体を見下ろしてますます混乱する。佑星も裸のまま布団に包まっている。

間違いなく何かが起こった後のような言い逃れできない状況に頭の中が真っ白になった。

「う……ん」

佑星が身じろいだ。

びくっと硬直した圭都はスプリングのきいた上等なベッドの上で文字通り飛び跳ねた。佑星が寝返りを打ち、再び寝息を立て始めたのを聞いて圭都はほっと胸を撫で下ろす。心臓が止まるかと思った。

考えるのは後だ。とにかくここから一刻も早く脱出しなければ。

圭都は佑星を起こさないよう細心の注意を払ってそっとベッドを下りた。ゆっくり足をつき、立ち上がろうとした途端、何かを踏んづけてずるっと滑った。盛大に尻もちをつく。

「そんなところで何をしているんだ」

背後から声がした。ぎくりと固まった圭都は頭を抱える。観念してのろのろと振り返ると、ベッドに半身を起こした佑星があくびをしながら言った。

「おはよう、圭都」

当たり前のように名前を呼ばれて、圭都はひどく面食らった。一気に昨夜の記憶が蘇る。佑星は〈クレフ〉の店長が圭都だと知っていて店に通っていたのだった。

そうはいっても、この佑星の態度はどうだろう。いくら幼馴染みとはいえ十三年ぶりに再会したとは思えない距離感と気安さだ。

気まずさしかない圭都は戸惑いを隠せなかった。

「……お、おはよう」

声も顔も引き攣る。

子どもの頃とは違い、テレビでしか見たことのない大人になった佑星に違和感すら覚えた。警戒心が跳ね上がる。

対して寝起きの佑星は隙だらけだった。寝ぼけまなこを擦りながら頭をポリポリと掻き、はっきり言ってだらしがない。しかしその完璧な美貌がそんなかっこ悪い姿までも美しい絵画のように仕立て上げて、ファンからすれば垂涎ものの一ショットなのだろう。

圭都は白けた気分で辺りを見回した。広々とした部屋にキングサイズのベッドとサイドテーブル、椅子。隣はウオークインクローゼットだろうか。閉めきっていないカーテンから陽光が差し込んでいる。

「あのさ、ここって一体……」

「俺の家」と佑星が答えた。「まあ、マンションだけど」

予想通りの答えだ。圭都はごくりと喉を鳴らし、続けて質問した。

「俺はお前の家で、どうして裸で寝ていたのでしょうか」

「なんで敬語？」

あぐらを掻いた佑星が苦笑する。「圭都の服は洗濯して干してあるよ。ゲロまみれになったものをさすがに着せておけないだろ。服を貸すと言ったら、暑いからいらないと言って自分から裸のままベッドに潜り込んだんだ。まさか昨日のことをまったく覚えてないのか？」

少し呆れたように言われて、圭都は混乱極まった。

覚えてはいる。金本たちに絡まれたこと、間一髪で佑星が現れて助けてくれたこと。その後に気分の悪さが限界に達して嘔吐したのだ。記憶はそこでブツリと途切れている。

「そうか俺、気持ちが悪くなって……。ごめん、お前の服まで汚しちゃったんだな」

高そうなブルゾンに盛大に吐瀉物を撒き散らした。一緒に合わせていたタートルネックもパンツも高級ブランドのものに違いない。弁償するなら一体いくらになるのだろう。考えるだけで冷や汗が噴き出す。

しかし佑星は「俺の服のことはどうでもいいんだ」と言った。

「そんなことより気分はどうだ？」

ベッドから軽やかに下りた佑星が、まるでギリシャ彫刻のような肉体を惜しげもなく晒して優雅にシャツを羽織った。手足が驚くほど長く、しなやかな筋肉に覆われた体はこの世のものとは思えないほど美しい。

出会った頃から背は高かったしすらっとしていたが、大人になった彼は次元の違う生き物みたいだった。アルファの恵まれた容姿と圧倒的オーラを前にして、圭都は息をのむ。なぜだか急に鼓動が高鳴り出して焦った。

ふいに佑星がこちらを向いた。

視線がぶつかった瞬間、チリッと目の前に火花が散ったような錯覚が起こった。同時に全身を電流が一気に駆け抜ける。

覚えのある衝撃に圭都はぶるっと体を震わせた。

これと同じ感覚をつい先日、佑星が初めて〈クレフ〉を訪れた時にも経験したばかりだ。アレルギー症状とはまったく別の、圭都の体に生じた何か得体の知れない異変。だからといって、他のアルファに対して感じるような不快なものともまた違う。

ぞくぞくっと痺れが背筋を駆け上がり、急に脈拍が高く打ち出す。心臓は爆音を鳴らしひどく息苦しい。でも嫌な息苦しさじゃない。なんなのだろう、この正体不明な奇妙な感覚は――。

「圭都、どうした？　まだ気分が悪いのか」

裸の上半身にふわりとバスローブがかけられて、圭都ははっと我に返った。顔を上げると佑星が心配そうに見下ろしていた。圭都は慌てて首を横に振った。

「いや、全然平気。眠ったらすっかり治ったみたいだ。ブツブツも綺麗に消えているし」

「ああ」佑星が思い出したように頷いた。「顔にも出ていたが、服を脱がせた時には体中に真っ赤な発疹が広がっていたな。アルファアレルギーだって？」

ぎくりとした。

「ど、どうして、それを」

「美浜くんから聞いた」と、佑星が答えた。「圭都が吐いて気を失った後、騒ぎに気づいた彼が駆けつけてくれたんだ。圭都の鞄から薬を持ってきて飲ませたんだよ。びっくりした。何かの病気かと訊ねたら、アルファアレルギーだと言うから……」

その場にしゃがんだ佑星が心配そうに圭都の顔をじっと見つめてくる。

「不勉強ながらアルファアレルギーなんてものがあることを初めて知った。昔はそんなアレルギーはなかっただろ。いつからだ？」

「……中学を卒業する前」

佑星がピクッと何かに反応するような仕草を見せた。間近に見つめられて、圭都は居たたまれず佑星から視線を逸らす。

アレルギーのことを聞いたのなら、オメガへの変異もすでに耳に入っている可能性が高い。

昨夜の金本たちとの会話を聞かれていたとすれば完全にアウトだ。

死刑宣告を待つ囚人の気持ちでフローリングの床を睨みつけていると、立ち上がった佑星がスマホを見ながら「少し調べてみたんだが」と言った。

「アルファアレルギーというのは世界的に見ても珍しい疾患のようだな。国内でも何人か患者はいるらしいが、主にオメガが発症すると書いてあった。圭都はベータだろ？」

圭都は思わず顔をはね上げた。

「ベータで発症する確率は更に珍しいんじゃないか」

なんの疑いもなく話す佑星を見上げて、もしかしてと微かな期待が胸を過る。

佑星はまだ、圭都がオメガに変異したことを知らないのかもしれない。

そう考える一方で、彼は十三年前に自分が圭都にしたことを忘れているのではないかと疑念が湧いた。

圭都はあの出来事を忘れたことなど一度もないのに――。

一瞬怒りが込み上げたが、すぐに思い直した。

覚えていないのなら、むしろその方が都合がいい。佑星にだけは昔と違うこの体の秘密を知られたくなかった。下手に記憶をつついて、勘のいい佑星が圭都の変異に気づいてしまうことは避けたい。

――だったら、圭都がオメガになってよ。

ふいにぞっとするような呪いの言葉が脳裏に蘇って、圭都は息をのんだ。

「……らしいぞ。圭都？　大丈夫か、まだ具合が悪いのか？」

俯き黙り込んでしまった圭都を心配して、佑星が言った。

圭都は慌ててかぶりを振った。「なんでもない。なんの話だっけ」

「ベータでアルファアレルギーを発症するのは珍しいという話だ。それで一つ気になったんだが、俺のことは平気なのか？　俺もアルファだ。圭都は今も俺と一緒にいてなんともないのか？」

佑星が率直な疑問をぶつけてくる。

「ああ、それは俺も不思議に思っていて、なんともないんだよ。どうしてなのかはわからないけど」

「ふうん、なるほど」と呟いた佑星が、突然圭都に覆い被さり、抱きしめてきた。

「は⁉　ちょっ、ちょっと何……っ」

激しく動揺する圭都を、佑星は殊更ぎゅっと強く抱きしめる。そうかと思うとぱっと離れて、今度はじっと圭都の顔を覗き込み、検分するような目で見てきた。

「……やっぱり何も起こらないな」

冷静に言われて、そこでようやく佑星の意図を察した。

圭都も自分の体を見下ろす。バスローブを羽織った肌に発疹など一つも見当たらず、痒みもまったくない。アルファとこの距離で接してくしゃみ一つ出ないなど、今までなかったことだ。

「だ、だからなんともないんだってば。おかしな確かめ方をするなよ」

「同じアルファでも昨日の男たちには反応して俺には反応しないのか。不思議だな」

佑星が興味深そうに言う。「ちょっと試させてくれ」と、勝手に圭都の手を握ったり髪に触れたりとあちこち触り出した。こいつ、面白がっているんじゃないだろうな。どこか宝物でも愛でるような手つきで優しく頬を撫でられたところで、さすがに圭都は我慢の限界がきて佑星の手を乱暴に振り払った。

「うっとうしい触り方すんな。ベタベタ触りすぎなんだよお前」

佑星が「悪い、つい調子に乗った」と謝るも、なぜかにこにこと笑っている。

「……なんだよ、今度は」

「いや、本当に俺が触っても平気なんだなとわかって、昨日のことを思い出していた。実は店からこの家に帰るまで、圭都はずっと俺に抱きついて離れなかったんだ」

「は？」

圭都は目をぱちくりとさせた。

「な、何言ってるんだよ。そんなわけないだろ」

「嘘だと思うなら美浜くんに訊いてみたらいい。べったりとくっついて離れないから抱えて歩くのが大変だったんだぞ。ベッドに寝かせてからも、俺が隣に入るともぞもぞ寄ってきて抱きつかれた。一応俺もアルファだし、こんなにもくっついて平気なのかと心配したんだが、症状もなく気持ちよさそうに眠っているようだったから圭都の好きにさせておいたんだよ。まるで抱き枕にでもなった気分だった」

佑星が思い出し笑いなんてものをしてみせる。

途端に圭都の顔はカアッと火を噴いた。そんなはずがない。とは言い切れず、記憶のない圭都は激しい羞恥に今すぐ消えてしまいたくなった。

「――そっ」顔を引き攣らせて圭都は早口に言った。「それは大変なご迷惑をおかけしました！もう二度とこのような失態がないように以後気をつけますので」

急いで立ち上がり、椅子の上に畳んで置いてあった洗濯乾燥済みの自分の服を身につけた。

寝室を出ると、解放感溢れる広いリビングが広がっていた。

高級ソファの上、使い古したトートバッグを発見する。

スタイリッシュなインテリアに囲まれた部屋で、それだけが明らかに浮いている。生活レベルの違いをまざまざと見せつけられているようだった。

ひったくるようにしてバッグを持つと急いで肩にかけた。

「それじゃあ、お邪魔しました」

玄関の場所に当たりをつけて歩き出す。

「待ってくれ」と、佑星が腕を掴んで引きとめてきた。

「圭都、あの時のことを怒っているか」

振り返ると、真摯な眼差しをした佑星と目が合った。何かのスイッチが入ったみたいに心拍が急激に速まり出した。

「……なんのことだよ」

圭都は取り乱さないよう懸命に平静を装いつつ、首を傾げるふりをした。佑星が軽く目を見開く。圭都は無言で佑星の手をどけると、再び体を前に向けた。

「そうだ」踏み出す寸前、ふと思い立って足を止めた。「例の許婚とはどうなってるの？」

どうして今それを訊ねたのか自分でもわからない。

「今のところ結婚報道もないし、この家で同棲しているわけでもなさそうだし。今をときめく超人気俳優さんは国境を超えてあちこちで浮名を流しているみたいだけど、彼女は怒らないのかよ。できた婚約者だな。まあ、俺には関係のないことか。結婚が決まったら教えてよ」

佑星が小さく息をのんだのがわかった。

国際的スター、梶浦佑星の結婚報道となれば近年稀に見る一大スクープだろう。佑星は許婚がいることを隠しているようだが、これが世間に知られたら大騒ぎになること間違いなしだ。

多くの人が知らない佑星の秘密を本人の前で暴露して、ほんの少しだけ溜飲が下がる。

言うだけ言って、圭都は今度こそ歩き出した。ところが数歩進んだところでまたもや背後から引きとめられる。今度はトートバッグを引っ張られて、圭都は危うく踏ん反り返りそうになった。

後方へ大きく傾いだ拍子に肩からバッグがずり落ちた。床の上に中身が散らばる。

「おい」圭都はキッと佑星を睨みつけた。「危ないだろ。急に何するんだよ」

我に返った佑星が慌てて謝った。「すまない、つい」

圭都は嘆息し、床に散らばった私物を拾い集めた。佑星も黙って手伝う。

「なんだこれは、薬……？」

はっと振り返ると、佑星が小瓶を拾おうとするところだった。圭都はぎょっとした。ヒート抑制剤——佑星には絶対に見られてはいけないものだ。すぐさま手を伸ばし、飛びつくようにして佑星より先にそれを回収した。驚いた佑星がぽかんとした顔を向けてくる。

「昨日のアレルギー薬とはラベルの色が違う。なんの薬だ？　どこか悪いのか？」

心配そうに問われて、圭都は必死にごまかした。「た、ただのビタミン剤だよ。最近食費を切り詰めているせいか、肌荒れがひどくって」

急いで小瓶をバッグの中に押し込む。横顔に痛いほどの視線を感じる。

「あああっ、もうこんな時間だ。そろそろ店に行かないと。じゃあ、お邪魔しました」

圭都は下手な芝居を打って、脱兎のごとく佑星の傍から逃げ出した。

4

「まったく聞いてなかったんすけど。店長と梶浦佑星が幼馴染みだったなんて」

オーブンから焼けたスポンジ生地を取り出しながら、文哉が恨めしそうに言った。

午前八時、開店準備中の〈クレフ〉の厨房である。

十時半開店に向けて、販売員の文哉の出勤時間は九時だが、今日はどういうわけか一時間以上も早く現れた。いわく、昨日のことが気になって眠れなかったのだそうだ。

いつもより早めの出勤になったのは圭都も一緒だった。余計なことを考えないためには仕事に没頭するのが一番である。ひたすら手を動かしていた圭都だったが、文哉から遠慮のない質問攻めに遭って観念した。昨日の一件で迷惑をかけた引け目から口を割らざるを得なかった。

さすがに二人ともほぼ全裸で同衾したとは言わなかったが、佑星の自宅に一晩泊めてもらったことを説明した。二人が幼馴染みなのは佑星から聞いたようで、大ファンの俳優が実は身近な相手とつながっていたことに文哉はいまだ興奮冷めやらぬ様子だった。

「なんで黙ってたんすか。梶浦さんから聞かされてびっくりしたんですから」

「十三年も会ってなかったんだよ。向こうのことはテレビとかで見ているけど、こっちは中学生の頃とは違って身長だってだいぶ伸びたし、顔つきなんか全然違うし、たまたま入った店にそんなやつがいても普通は気がつかないだろ。芸能人に声をかけてミーハーだって思われたくないし」

「いやいや、梶浦さんはしっかり店長に気づいていましたからね。むしろ声をかけてほしかったんじゃないですか？　今思えばケーキを選ぶふりして厨房を見ていた気がするな。一回目は偶然だったとしても、二回目は店長だとわかっていてあえての来店だったたってことでしょ。でもそのおかげで借金取りから助けてもらったんですから、よかったですよね。佑星様様ですよ」

「……まあ、結果としてはそういうことになるのかもしれないけど」

もし佑星があの場に現れなかったら、圭都は金本と一条に捕まって無理やりホテルに連れ込まれていてもおかしくない状況だった。今更ながらぞっとする。

同意のない番契約は法律で禁止されているし、オメガの人身売買は重罪だが、そんなことは彼らだってわかっているはずだ。わかっていてあえて法を犯すのだ。そういう世界にいる人間なのだと、改めて彼らの怖さを再認識する。借金の返済が滞ったら最後、圭都は本当にあのヤクザアルファに売られてしまうかもしれない。

佑星にはもちろん感謝している。どういう経緯で〈クレフ〉を知ったのかは気になるところだが、今朝の圭都の態度はいかがなものかと今になって反省した。逃げるように佑星の家を飛び出したから、きちんと礼も言えていない。

感じ悪かったよな……。自分の幼稚な行動を思い起こしていると、文哉が急にくすくすと笑い出した。

「なんだよ、急に」

「いや」文哉が思い出し笑いをしながら言った。「昨日の梶浦さん、王子様みたいだったなって」

「は？」

「倒れた店長をお姫様だっこして店に運び込んでくれたんすよ。ずっと傍で『圭都』って呼び続けて、すごく心配してましたよ」

初耳な話に圭都は生クリームを泡立てていた手を止めた。

「店長もふらふらな状態の割には梶浦さんにべったり甘えてたし。俺、正直目のやり場に困ったっす」

「……あ、甘えてたって、誰が？」

「だから店長っすよ。薬を飲んで症状が落ち着いてきたら、今度は梶浦さんにべったり抱きついて離れなくなっちゃって。飼い主に甘えるワンコみたいでかわいかったっす」

「!?」

顔面に強烈なパンチを食らったような衝撃を受ける。穴があったら入りたかった。

「そういえば」と、文哉が急に申し訳なさそうな面持ちになって言った。「緊急事態だったとはいえ、アレルギーのことを梶浦さんに勝手に話してしまってすみませんでした」

「ああ、それは別にいいよ。説明しないとどうにもならないような状況だったんだし」

圭都は記憶にない自分の痴態のショックを引きずったまま、緩く頭を横に振った。

「あ、でも。店長がオメガだってことは喋っていませんから」

文哉がそこだけは死守したとばかりに話す。

「梶浦さんにアルファアレルギーのことを話したら、君とは一緒にいても平気なのかと訊かれたんで、俺はベータだから大丈夫ですって答えたんですよ。そしたら梶浦さんが『じゃあ圭都と同じだな』って言うんで、あれおかしいなって思って」

そこで文哉は佑星が圭都の変異を知らないのではないかと気がついたという。

「でかした。黙っておいてくれて助かった」

咄嗟に機転をきかせた文哉を圭都は心から褒めた。

もともと圭都のバース性を知る者は多くない。フランス修業時代の友人知人と家族を除けば、文哉と金本ぐらいだ。一条にも知られてしまったが、それだけだった。

社会生活を送るに当たって、自分の第二性別を公にするかどうかは個人の判断に任されている。無理やり他人の第二性別を聞き出すことは違法に当たり、これをバースハラスメントという。

圭都は十代半ばぐらいまでは体つきが華奢で顔立ちも中性的だったが、オメガに変異して以降、第二次性徴期が訪れた。ぐんと背が伸び、顔つきも声も変化した。

今では一七五センチの身長に、力仕事のパティシエ職についたおかげで体力も筋肉もそこそこついた。誰が見ても明らかなずばぬけた容姿を持つアルファとは違い、ベータとオメガは見た目だけではまったく区別がつかない。

仕事柄、第二性別を明かす必要がないため、店を訪れて圭都がオメガだと気づく客はほとんどいないだろう。昔とは違って今は医学が進み、抑制剤を適切に服用してヒートを上手くコントロールさえしていれば、オメガも普通の生活が送れる時代なのだ。

圭都は念のために告げた。

「俺のバース性のことはこの先も伝える必要はないから。折を見て自分で話すよ」

「了解っす」と文哉が従順に頷く。「バース性とは別で、ちょっと気になったんすけど、店長のアレルギーについて一つびっくりしたことがあって」

「なんだよ」

「薬を飲んだとはいえ、いつもは発疹が引くまでそこそこ時間がかかるじゃないですか」

「まあ、三十分くらいは赤みや痒みが残ったりするかな」

「ですよね。だけど昨日の店長は違ったんすよ。梶浦さんにべったりくっついているうちに発疹がみるみる消えてなくなったんです。よく考えたら梶浦さんもアルファなのに、あんなにひっついてアレルギー症状がひどくなるどころか、完全に治まるって不思議じゃないですか？」

圭都は一瞬押し黙った。

「そうなんだよな。俺もそれがどうにも引っかかっていてさ。いつものくしゃみや発疹がまったく出なくて、なんであいつに対してだけ無反応なのかわからないんだよ。アルファの中でも上級アルファだろ」

フェロモンも他のアルファに比べたら格段に影響力が強いはずだ。

「――あ」と、文哉が至極真面目な顔をして言った。「俺、今すごいことを思いついちゃったんすけど。もしかすると、梶浦さんが店長の『運命の番』だったりして」

「は？」

思わず目が点になった。いつになく神妙な顔をした文哉が先を続ける。

「店長はアルファアレルギーを発症してから、アルファとはなるべくかかわらないようにしてきたんすよね。だけど、アルファでもアレルギー反応が一切出ない梶浦さんなら別、接触しても問題ないわけじゃないですか。それって、考え方を変えたら相性抜群ってことですよ。今までそんなアルファに出会ったことがなかったんだから、まさに運命の相手！」

途中から興奮し出した文哉とは反対に、圭都はひどく白けた気分になった。

運命の番？　冗談じゃない、バカバカしいにもほどがある。

呪いの文句に振り回されるのはもうまっぴらだ。

「そんなわけないだろ」圭都は呆れた声で言った。「あっちはワールドレベルのスター様だぞ。世界中の美男美女に言い寄られるスーパーアルファの運命が、こんな寂れた商店街の片隅に転がっているわけがない。大体、運命の番自体が都市伝説みたいなものなんだから」

「そんなことないっすよ。運命の番は存在しますって」なぜか文哉がムキになって食い下がる。

「いや、遺伝子的相性が百パーセントの相手なんてこの世に存在しないだろ。たとえ地球上のどこかにいたとしても、そんなことはお互い何も知らずに一度も会うことなく一生を終えるんだよ」

半ば投げやりに言って、ふと考えた。運命というなら、佑星の場合は許婚という運命の相手がいるではないか。脳裏に顔も知らない佑星の婚約者の影がちらつく。確か由緒正しい家柄に生まれたオメガのお嬢様だったはずだ。

佑星の立場上、今はまだ公にできないのかもしれないが、いずれ発表するだろう。

「会えないまま一生を終えるなんて、そんな夢がないことを言わないでくださいよ」

案外ロマンチストな文哉が不満げに口を尖らせた。

「お前は恋愛ドラマの見すぎ」

「いいじゃないですか、大スターとの大恋愛。番契約とは無関係のベータはアルファとオメガの特別な関係に憧れるんですよ。今少女漫画ではブームになっていて……」

話が急に最近流行りの少女漫画に飛んだ。圭都は苦笑した。

なるほど、ベータから見れば番という特殊な関係性は魅力的に映るのかもしれない。

だが実際はそんな綺麗なものではなく、あくまでもアルファにとって都合のいいようにできている。番契約は基本的にアルファ主体で、アルファは同時に複数のオメガと番契約を交わすことが可能だが、オメガは一人の相手としか交わすことができない。しかも、契約の解消が可能なのはアルファ側からのみで、オメガからはできないのだ。よって、すでにパートナー関係が破綻していても相手のアルファが契約の解消に応じない場合は、オメガは一生相手のいない番契約に縛られることになる。近年この番契約の解消をめぐって、アルファが別の番を作って行方をくらますケースが多発しており、パートナーを失って孤立するオメガの存在が社会問題になっていた。

番が成立すると、オメガは特定のアルファ以外に発情フェロモンを放出しなくなる。そのため安定した性生活を送れるメリットがある一方、デメリットも多いのだ。

圭都はオメガに変異した時点で、アルファに対して嫌悪感しかなかった。

それからすぐにアルファアレルギーを発症して、自分はそういう運命なのだと受け入れることで精神を保った。番がいなくても特に困ることはない。人間不信に陥った時には本気で一生一人で生きていく覚悟を決めたつもりでいた。

人生をともに過ごす相手はいなくとも、生きていくためには先立つものが必要だ。

今圭都が最優先で考えなければいけないのは店の経営と借金返済についてだった。

しばらく会話を中断し、作業に集中する。

一段落がついた頃、文哉が思い出したように言った。

「そういえば、新作のケーキってどうなりました？　考えたって言ってましたよね」

「ああ、うん。新作ケーキの他にも焼き菓子をいくつか増やしてもいいかと思っているんだけど。ちょっとノートを取ってくる」

圭都は厨房の奥、休憩室にしている三畳間のロッカーから鞄を取り出した。トートバッグの中身をあさるが、目当てのものが見つからない。

「あれ？　おかしいな。昨日鞄に入れて、それから出していないはずだけど……」

捜しているのは、圭都が思いついたケーキのレシピを書き溜めているアイデア帳だ。

「どうかしたんすか」と、文哉が様子を見に来た。

「アイデア帳がないんだよ。俺、どっかに置き忘れてたっけ？」

「厨房にないか見てきますね」

文哉が踵を返す。圭都は引き続きロッカーを捜していると、厨房で文哉のスマホの着信音が鳴った。「あっ」と声を上げた文哉が通話に応じるのが聞こえる。

「て、店長！」

「うん？　見つかったか」

振り返ると、戸口に立った文哉が餌を求める金魚のように口をぱくぱくさせて言った。

「し、新規の注文です。スティックフィナンシェを二百本！」

「は？　二百本？」

どういうことだと目で問い返すと、文哉が答える代わりに自分のスマホを差し出してきた。戸惑いの中、圭都は受け取ったスマホを急いで耳に押し当てた。

「もしもし、お電話代わりました。店長の星森ですが……」

『圭都？』

覚えのある声が返ってきて、圭都は危うくスマホを落とそうになった。

「な、なんで？　なんでお前が電話をかけてくるんだよ。しかもこれ、文哉のスマホだぞ」

動揺して声が裏返る。電話の向こう側で佑星が言った。

『圭都の連絡先は教えてもらってないし、まだ開店前だから昨日交換した美浜くんの番号にかけたんだよ。彼から要件は聞いたか？　仕事の現場に差し入れをしたい。店の商品にあるスティッククフィナンシェを二百本、今日の午後四時にある場所まで届けてほしい』

圭都は思わず叫んだ。「今日の午後四時!?」

『フレーバーは確か四種類あったよな。それぞれ五十本ずつで頼む。生のケーキはさすがに難しいが、他にも摘めるような焼き菓子があったら一緒に持ってきてくれ。金額は気にしなくていいから、あるだけ頼む』

「ちょ、ちょっと待って。そんな大量注文、急に言われても困る。大体、四時までに二百本なんて……」

『できないのか？』

やけに挑発的な口ぶりで佑星が言った。一瞬の沈黙が生じる。脳裏に人を小バカにしたような佑星の顔が浮かんで、カチンときた。偉そうに上からものを言うことに慣れている様子も気に入らない。これだからアルファは嫌いなのだ。

圭都は一つ深呼吸をし、平静を取り繕って答えた。

「わかりました。フィナンシェのプレーン、チョコ、チーズ、アールグレイ、各五十本ずつ。計二百本ですね。その他にも焼き菓子を適当に見繕ってお持ちいたします」

『場所は後で地図を送る。もちろん圭都が持ってきてくれるんだよな？』

「……それは、その時の状況によります。手が空いている者が届けますので……」

『落とし物を預かっているんだ。ブルーのノート、表紙に『アイデア帳』と書いてあるんだが、圭都のだろ？　今朝、落としていったぞ。圭都が来たら直接渡す。じゃあな』

通話は一方的に切れた。

「～～～！」

圭都は話し相手のいなくなったスマホに向かって声にならない叫びを上げる。たまらずキーッと頭を掻きむしった。

「あのー、店長？」文哉が遠慮がちに声をかけてきた。「大丈夫っすか？」

「……一本、税込み二百三十円。かける二百本で四万六千円。どうせなら今日店に出す予定だったものを作れるだけ作って一緒に売りつけてやる。これで一日の売上目標を軽く超えるぞ。ふふ、二日分稼いじゃうかもなあ」

「て、店長？」

「大体、うちは配達はやってないっての。配達料もふんだくってやるからな。あーくそっ」

ドンッとテーブルを叩いて圭都は立ち上がった。驚いた文哉がびくっと跳び上がる。

「よし、働くぞ。文哉、店は臨時休業にしてこっちに集中する。手伝ってくれ」

今から二人で取りかかればギリギリ間に合う。「はい、喜んで！」文哉の甲高い返事が響き渡った。


なんの嫌がらせか知らないが、貧乏店にとって度を越した大量注文は降って湧いたチャンスだった。

幸い材料や包装紙は仕入れたばかりだし、フィナンシェの型もフランスから持ち帰ったものが大量にある。後は根性だ。

休憩返上でフィナンシェを黙々と作り続けて六時間。

最後の一本を包み終わり、ついに二百個のフィナンシェが完成した。

「やった、終わったー！」

歓喜の声を上げて、圭都と文哉はハイタッチを交わした。

「よし、まだ時間に余裕はあるよな。袋に詰めて車に運ぼう」

フィナンシェの他にも、昨日のうちに仕込みを終えていたクッキー類もすべて焼いて一緒に詰めた。叔父の代から使用している古い社用車に二人で商品を運び込み、圭都は運転席に乗り込んだ。

「それじゃ、行ってくる」

「気をつけて行ってらっしゃい。あ、梶浦さんによろしく伝えておいてください」

手を振る文哉に見送られて、圭都は車を発進させた。

佑星が指示してきたのは都内のフォトスタジオである。

雑誌のグラビア撮影を行っているという話だった。

余裕を持って出発したので、予定時刻の十分前にはスタジオに到着した。

紙袋を両手に提げてうろうろしていると、「〈クレフ〉さんですか？」と声をかけられた。

振り向くと、スーツ姿の男性が立っていた。

「私、梶浦佑星のマネージャーをしております、石黒《いしぐろ》と申します」

三十半ばぐらいのすらっとした人だ。名刺を渡されて、圭都も慌てて持ち合わせていたショップカードを差し出した。

「どうも、洋菓子店〈クレフ〉店長の星森です。梶浦さんからご注文をいただいた商品をお届けにあがりました」

この場で商品を引き渡して帰るつもりでいたが、石黒が「どうぞこちらへ」と圭都を建物の中に誘導してくる。圭都は困惑しつつも荷物を持ったまま彼についていった。通路突き当たりのドアを開けて、撮影中のスタジオに案内された。

ピリッと緊張が張り詰める中、ライトに照らされて佑星がポーズをとっていた。カメラマンの指示に従って佑星が的確に動き、シャッターが次々と切られていく。

今朝見た寝起きの佑星とはまるで別人だった。プロのヘアメイクにより整った顔は更に際立ち、一九〇を超える長身にスタイリッシュな衣装。カメラに鋭い視線を向けている。

無造作なようでいて計算され尽くした仕草や目線はぞくっとするほど色気があり、静まり返ったスタジオではあちこちから息をのむ気配がしていた。誰にも真似できない圧倒的オーラはまさに頂点に君臨する王者のそれで、この場にいるすべての人たちの憧れと畏怖の眼差しを一身に集めている。

見る者をとりこにする強烈な引力を持つ切れ長の目が一瞬こちらを向いた。

圭都はどきっとして、たちまち脈拍が異様なまでに高進するのを覚えた。

息をするのもはばかれるほど神々しい彼の存在に魅入られる。ただただ圧巻だった。中学の頃とは違う、圭都の知らない佑星がそこにいた。

休憩に入り、仕事を忘れて見入っていた圭都は肩を叩かれてようやく我に返った。

「あっ、すみません！　商品を持ったままお渡しせずに……」

てっきり石黒だと思って振り向くと、立っていたのは佑星だった。さっきまでフラッシュを浴びていた男がすぐそこにいて、圭都は一瞬どう反応していいかわからず固まる。

佑星がおかしそうに笑って言った。

「どうしたんだ、そんな幽霊でも見たような顔をして。目が真ん丸になっている。ここの場所は迷わなかったか？」

「……ああ、うん」圭都はまだどこか夢を見ているような気分で頷く。「送ってもらった地図ですぐにわかった。入り口でうろうろしていたら、石黒さんがここまで連れてきてくれたんだよ。そうだこれ、注文の商品。フィナンシェ二百本とクッキーの詰め合わせ」

差し出した紙袋の片方を受け取って、佑星が中を覗き込む。

「すごい量だな」

「自分が注文したんだろうが」

ぶっきら棒に言い返すと、佑星が「そうだった」とふっと相好を崩した。

先ほどカメラに向けていた挑発的なものとは違った自然な笑顔に、ふいに圭都は胸の高鳴りを覚えた。体内をチリッと微電流が駆け抜けて、肌が軽く粟立つ。念のために抑制剤を飲んできたが、佑星のような上位アルファはフェロモンが強すぎるのか、アレルギーの症状とはまた別の感覚で体がむずむずする。

——もしかすると、梶浦さんが店長の『運命の番』だったりして？

ふいに文哉の声が脳裏に蘇った。動揺した圭都は思わず持っていた袋を落としそうになって焦る。まさか、そんなわけがない。かぶりを振って即座に打ち消した。

佑星がもう一つの紙袋を引き取って言った。

「急に無茶な注文をして悪かったな。こんなに作ってくれてありがとう」

「……べ、別に、注文を受けた以上は作るよ。これが俺の仕事なんだから。あっ、ちゃんとお金は払ってもらうからな」

「もちろん」と佑星が屈託のない声を上げて笑う。また肌がチリッと痺れたが、嫌な感覚ではなかった。

「さっそくだけど、みんなに配るのを手伝ってくれないか」

「は？　え、俺も？」戸惑う圭都の手を引いて、佑星は撮影スタッフや関係者が集まる輪の中に強引に連れていく。

「これ差し入れです。小腹のすく時間なのでよかったらどうぞ。おすすめのお店のお菓子なんですよ」

いつの間にか石黒がいて、どこから持ってきたのか大きな平たいバスケットを何個もテーブルにセッティングし始めた。「この中に並べてください」と言われて、圭都は急いで紙袋の中から取り出した個包装のフィナンシェをフレーバーごとに並べる。

「わあ、スティックケーキですか。美味しそう」

「フィナンシェです。こちらからプレーン、チョコ、チーズ、アールグレイです。クッキーもありますのでそちらもどうぞ」

圭都は緊張気味に説明した。佑星が声をかけるとすぐにみんなが集まってきて、テーブルの周りに人だかりができた。あちこちから手が伸びて二百個のフィナンシェがみるみるうちにカゴから消えていく。

「外はカリカリで中はしっとりしていてすごく美味しい」「口の中いっぱいにバターの香りが広がりますね。上品な甘さで口当たりもなめらか！」「このチーズフレーバー、塩がアクセントになっていてお酒にも合うかも」「こっちのアールグレイもほんのりレモンの風味がしてすごく爽やかですよ」「クッキーも美味しい。お土産に持って帰りたいな」

人の輪を離れて見守る圭都の耳にも感想の声が聞こえてくる。好評のようでよかった。

「フィナンシェってフランス発祥の菓子なんだってな」

ふいに頭上から声が降ってきて、圭都は振り仰いだ。佑星が立っていた。

撮影の合間で多少緊張が緩んでいるとはいえ、醸し出すオーラが尋常ではない。洗練された立ち居振る舞い、自信に満ち溢れた真っ直ぐな眼差しが多くの人を魅了するのも納得がいった。やはりこの男は優秀なアルファなのだ。

それならば、アルファアレルギーの圭都が反応しないわけがないのに、相変わらず体はなんの症状も出ていない。

多くのオメガがアルファに対して警戒するのはヒートが大きく関係している。しかし圭都にとってはアレルギー対策の方がより深刻な問題だった。ヒートを起こして死ぬことはないが、アレルギーの場合はこれといった特効薬がまだ存在しない上に、症状が悪化すれば最悪命を落とすこともあるからだ。

アレルギーを気にすることなくアルファと接触できる日が来るとは思ってもみなかった。

とはいえ相手は佑星限定。そこがまた不思議で腑に落ちないところではある。

「昨日美浜くんから、本場仕込みで本当に美味しいからぜひ食べてみてくれと猛プッシュされたよ。彼はいい店員だな」

「……まあ、よくやってくれているよ。彼がいてくれて俺も助かっているし」

横に並んだ佑星がちらっとこちらを見たのがわかった。圭都は咄嗟に視線を外す。すると佑星の手にしっかりとチョコフレーバーのフィナンシェが握られているのを見つける。佑星はおもむろに圭都の前で包装を破るとフィナンシェを頬張った。

「確かに美味いな」

「大スターの口に合ってよかったよ」

思わず皮肉めいた口調になる。佑星が言葉もなく僅かに唇の端を引き上げた。残りのフィナンシェを一口に頬張り、味わうように丁寧に咀嚼してから口を開いた。

「昨日は買えなかったから、ずっと気になっていたんだ。フランス仕込みの絶品フィナンシェ。叔父さんの店を継ぐまでは、フランスでパティシエとして働いていたんだって？」

唐突に問われて、圭都は黙ったまま視線だけを隣に向けた。佑星が話を続ける。

「どうりで行方がわからなかったはずだ。中学時代の同級生に訊いても誰も圭都の進路を知らないし、卒業と同時に実家を引っ越したんだな。おじさんとおばさんは元気か」

「……両親は仕事の関係で今も海外にいる。元気だよ。俺はこっちに残って叔父の家から製菓コースのある高校に通っていたから。中学の同級生とは卒業以来会ってない」

オメガに変異してから心も体も不安定になることが多く、それまでの環境を一新して誰も自分のことを知らない場所で新たなスタートを切りたかったのだ。

当時の地元の同級生とはまったく連絡を取っていなかった。むしろ佑星が彼らと接触を図っていたことに驚く。圭都の行方を捜していたと知ってますます驚きが隠せなかった。

取り乱しそうになる気持ちを悟られないよう、圭都は何食わぬ顔を装って訊ねた。

「そっちは、おじさんとおばさんは元気にしてる？」

佑星が淡々と答える。「母さんは元気だ。父さんは十年前に亡くなった。仕事中に倒れたんだ。くも膜下出血だと診断された」

「え？」

思わず聞き返していた。初耳の話にひどく混乱する。十年前というと、まだ佑星が十八歳の頃だ。

「……そうだったのか。ごめん、おじさんのこと全然知らなかった。俺の叔父も、一昨年くも膜下出血で亡くなっているんだ」

今度は佑星が驚いたように目を瞠った。

「それでフランスから帰国を？」

「そう」圭都は頷いた。「世話になった叔父が大切にしていた店だし、俺にとっても思い出深い場所でケーキ作りを学んだ原点でもあるから。あの店をなくしたくなかったんだ。いずれは自分の店を持ちたいと考えていたから、そういう意味ではいいタイミングだったんだけれど」

「圭都は子どもの頃の夢を叶えたんだな」

ぽつりと佑星が言った。横を向くと、目が合った佑星がやわらかな笑みを浮かべた。

「実は少し前に、知人からチーズケーキの差し入れをもらったんだ。それを食べた瞬間、とても懐かしい味がして、すぐに圭都が作ったものだとわかった」

「チーズケーキ？」

「ほら、昔よく作ってくれただろ。パティシエの叔父さんの味を再現してみせるって、何度も繰り返し作って、俺がその味見係で」

圭都は急いで記憶をめぐらせる。

菓子作りに目覚めたばかりの中学生だった当時、圭都は叔父がよく手土産に持ってきたチーズケーキにはまって、同じ味が作れないものかと研究したことがあった。その試食に付き合ってくれたのが佑星だった。味覚の鋭い彼の舌を何よりも信頼していたのだ。

ついに佑星の口から「どっちが本物か区別がつかない」と言われた時は、跳び上がるほど嬉しかったのをまるで昨日のことのように思い出した。今も叔父のレシピを引き継いで、チーズケーキだけは味を変えていない。

「……ああ、そんなこともあったっけ」

「すぐに〈クレフ〉という店の名前を教えてもらって、ドキドキしながら訪ねたんだ。そうしたら、本当にそこに圭都がいた」

佑星がその時のことを思い出すかのように目をそっと眇めた。

圭都は困惑する。それでは、佑星が〈クレフ〉に初来店したあれも偶然ではなかったのか。

「ずっと圭都に会いたかった」

ふいに佑星が言った。

「会って、きちんと謝りたかったんだ」

「謝る？」

聞き返すと、佑星が一瞬言葉を探すように言いよどんだ。少し考えるような間を空けて、覚悟を決めた様子で口を開く。

「あの時、俺が圭都に飲ませた薬を覚えているか？」

核心を突く問いかけに、圭都は我知らず息をのんだ。

「……覚えているに決まっているだろ」

知らず声がぐっと低くなる。忘れるはずもない。

「あの薬は祖父のグループ会社が開発した新薬だと説明したが、本当はただのビタミン剤だったんだよ」

「……は？」

　一瞬自分の耳を疑った。

「ビ、ビタミン剤……？」

　オウム返しをする声が変に掠れる。目を合わせた佑星がこくりと神妙に頷いた。

「あの頃、圭都が肌荒れを気にしてよく飲んでいたものだ。ピンク色の錠剤――最初にきちんと見せただろ。てっきりそこで気づかれると思ったんだが」

「ちょ、ちょっと待て。本当にあれはただのビタミン剤だったのか？」

「そうだよ。その証拠に、圭都は今も変わらずベータのままだろ？」

　疑うことのない真っ直ぐな切り返しに、圭都は言葉を失った。数瞬の沈黙を挟み、半ば反射的に頷いた。

「も、もちろん。当たり前だろ。今も昔も一般人、生粋のベータだからな、俺は」

「だよな」と、佑星がどこか諦めたような表情をして笑う。

「どうせ薬はすぐに偽物だとばれるだろうし、圭都が家に怒鳴り込んでくるところまでを想像していたんだ。でも、いくら待っても圭都は現れなくて、おばさんが慌てて家を出ていくのが見えたから追いかけて訊いたら、圭都が高熱を出して入院したと教えられた。見舞いに行きたかったけど、面会謝絶だと断られるし、結局圭都が退院する前に俺たち一家は引っ越さなければならなかったんだ」

その後、圭都の母親から佑星の母親に圭都が元気になって退院したと連絡があったという。

「でも圭都からはなんの連絡もなくて、いつの間にかケータイもつながらなくなっていて、これは完全に縁を切られてしまったのだと思った。俺がしつこく圭都にオメガになってほしいと言い寄った上に、偽の薬まで飲ませたから、いいかげん愛想を尽かされて嫌われてしまったのだと、そう考えたらどうしようもなく怖くなって、圭都に合わせる顔がなかった」

当時を振り返る佑星の辛そうな声を聞きながら、圭都もまた十三年前の記憶を手繰り寄せていた。

佑星ともめたその日の夜、圭都は突然原因不明の高熱が出て緊急入院したのだ。

それから三日ほど熱が下がらず、意識はほぼないまま、ようやく目が覚めた時には圭都の体はベータからオメガに変異していたのである。

その後も面会謝絶が続いたのは、医師からアルファとの接触を禁じられたためだ。両親が佑星に嘘をついて病院に近づかせなかったのだろう。

入院中に一色家が引っ越していったことは母から病室で聞いた。

あの時、圭都は正直ほっとしたのを覚えている。オメガに突然変異した現実をまだ受け入れることができていなかったし、その原因を作った佑星にはもう二度と会いたくないと思っていた。

おかしな薬を飲ませたことはもちろん、どさくさに紛れてファーストキスを奪ったことも、結果自分の体がとんでもないことになり、そのすべてを圭都は佑星のせいにすることでどうにか心と体のバランスを保とうとしていたのだ。

当時使用していた携帯電話に佑星からメールが何通も届いていたのは知っていた。すべて未読のまま放置した。それからしばらくして何かの拍子に携帯電話が壊れたのだ。それを機にスマートフォンに買い換えて、佑星の連絡先はわからなくなった。

今、圭都の頭はひどく混乱していた。

これまで自分の体に起こったバース性の変異は佑星のせいだと信じて疑わなかった。しかしその原因の薬自体が偽物で、変異と佑星はなんの関係もなかったことを十三年越しに知らされたのだ。

冷静に考えれば、そんな怪しい新薬が開発されたニュースを耳にしたことは一度もなかったし、人為的に第二性を操作するのは法に反する行為で到底認められるわけがない。

俺は今までずっと佑星のついた嘘を信じ込んでいたわけか……。

理解すると同時に、カアッと胃の底から激しい羞恥が込み上げてきた。

長年勘違いし続けてきた自分が愚かすぎて途轍もなく恥ずかしくなる。十三年も積み上げてきた佑星への恨みが急に宙ぶらりんになって、圭都はどうしようもない居たたまれなさに消えてしまいたかった。

佑星が端整な顔を苦しげに歪めて言った。

「圭都、あの時のことをきちんと謝らせてほしい。俺は本当にバカなことを……」

「いや、いいっ！　いいから、謝らなくてもいいから！」

圭都は咄嗟に首を横に振って佑星の謝罪を遮った。

「だが店を訪ねた時も客が俺だと知って避けただろ。俺は圭都にそこまで嫌われていて」

「いや、あれはその――お、お前がアルファだと知っていたからだよ。アレルギーが出たらまずいと思ったんだ」

実際は佑星の言葉通りだったが、本音はまるっと腹の中に押し込んだ。

佑星が一瞬きょとんとする。

「ああ、あれはそういうことか。そうか、アレルギーのせいだったのか……」

ほっと安堵の息をつくと同時に、強張っていた表情が僅かに和んだ。

「今このスタジオにアルファは俺一人だから安心してくれ。俺のことは大丈夫だろ」

「……たぶん。今のところはなんともない」

答えると、佑星がふいに長身を屈めるようにして圭都の顔を覗き込んできた。

「うん、昨日みたいに赤く腫れてないな」

「……っ、ち、近い！」

慌てて佑星の両肩を力任せに押し返す。体勢を戻した佑星がくすくすと笑う。たちまち頬に熱が広がるのが自分でもわかった。大口を開けるのでも声を上げて笑うのでもなく、その品のある

笑い方にふと既視感を覚える。昔の佑星と重なり、圭都も思わず頬を緩ませた。

「笑いすぎ。いつまで笑ってるんだよ」

「ああ、ごめん。つい、またこうやって圭都と笑い合っているのが嬉しくて」

屈託なく笑う佑星が、ふと表情を引き締めた。

「もう一つ、謝りたいことがあるんだ。圭都のことを親友と思ったことがないと言ったあの言葉を撤回させてほしい。当時は引っ越しを勝手に決められて、一色の本家からもいろいろ言われていて、自分でも抱えきれないほど気持ちがいっぱいいっぱいだったんだ。本当にごめん、圭都を傷つけたかったわけじゃない。俺が未熟だっただけだ」

心の底から悔いているのだと告げられて、圭都は狼狽した。中学生の頭ではよく理解できなかった一色家の複雑な事情も今なら何が起きていたのか想像できる。ムシャクシャしていた佑星の気持ちも理解できるし、むしろあの頃は圭都の方が幼稚で無神経だった。佑星だって引っ越したくて引っ越したわけではないのだ。

「もういいよ」圭都はバツが悪い思いでかぶりを振った。「そんなに謝られても、俺の方こそ反省することがいっぱいあってどう返していいのか反応に困る。佑星の話はわかったし、昔のことは一旦これで終わりにしよう。まあ、せっかく十三年ぶりに再会したんだしさ。これからもよろしくってことで」

そう正直に今の気持ちを伝えると、なぜか佑星が一瞬泣きそうな表情をしてみせた。すぐに破顔して「ああ、こちらこそよろしく」と嬉しそうに言う。圭都も自然と笑みが浮かぶのが自分でもわかった。

「あの、すみません」と、一人のスタッフが遠慮がちに話しかけてきた。

「フィナンシェですけど、撮影の小物として使わせてもらってもよろしいでしょうか」

「撮影に？」圭都は驚いた。「それは構いませんけど……」

スタッフは「ありがとうございます」と礼を言って足早に去っていった。すぐに数人が動き出し、セッティングを始める。

佑星にも声がかかって、次の撮影の準備に入る。

「うわっ、もうこんな時間だ」

すっかり居座ってしまった圭都も慌ててスタジオを出た。

そこを「圭都」と呼び止められる。佑星がわざわざ撮影を中断して駆け寄ってきた。

「これから帰って明日の仕込みをするんだろ？　今日と同じぐらいの数を準備しておいてくれないか」

圭都は目を丸くした。「そんなに作ったって売れるわけないだろ」

「売れ残ったら全部俺が買い取る。だから明日も二百……いや三百。三百本作ってくれ」

「三百!?」

「それじゃ、頑張れ。売れることを祈っている——というか、絶対に売ってくれ」

佑星はスタジオに戻っていった。圭都はぽかんとして立ち尽くす。アイデア帳を返してもらっていないことに気づいたのは、店に戻った後だった。

5

フィナンシェ、一日三百本。

行列のできる人気店でもあるまいし、閑古鳥が鳴く場末の洋菓子店でそんな大量のフィナンシェが売れるわけがない。

嫌がらせにもほどがある。

ところが、その佑星の突拍子もない嫌がらせに圭都は感謝することになるのである。

翌日、開店一時間前。

売れ残ったらすべて買い取るという佑星の言葉を信じて、圭都は文句を言いながらも文哉と二人がかりで夜遅くまでかかってフィナンシェ三百本を焼き上げた。

生菓子とは違って焼き菓子は日持ちするが、さすがに三百本も店内に並べるスペースはない。文哉と相談して、いつも通りの売り場セッティングで開店準備を進めていたところである。

圭都のスマホに電話がかかってきた。

電話の主は近所の青果店の三代目、絹田だった。

「もしもし？　絹田さん、おはようございます」

『おはよう、星森くん。今日、お店で何かあるの？　ものすごい行列ができているけど』

「行列？　うちの店にですか？」

文哉と顔を見合わせる。先に文哉が動いた。下ろしたロールカーテンの隙間からそっと外を覗く。すぐに振り返った彼は目を剥いて口をぱくぱくさせた。

圭都も急いで窓の外を覗いて言葉を失った。絹田が言った通り、店の前に見たことのない数の人が並んでいたのだ。

「て、店長、もしかしたらこれが原因かも」

文哉がスマホの画面を見せてきた。そこには佑星が映し出されていた。しかもフィナンシェを食べているプライベート写真である。フレーバー違いの四本をお洒落にグラスに立てて、『仕事の現場にも差し入れしたお気に入りのフィナンシェ』と題されたそれは、佑星が自分のSNS用にアップしたものだった。さりげなく画像の端には〈クレフ〉の店名が入ったショップカードまで写り込んでいる。

行列の原因はどう考えてもこれだろう。

佑星が画像を投稿したのは昨夜十時。

知名度もフォロワー数も日本トップクラスの人気芸能人のアカウントである。およそ十二時間の間にどれだけの人がこの画像を見たのか。

「まずいっすよ、店長。行列が商店街の外まで続いてます」

フットワークの軽い文哉が裏口から戻ってきて興奮気味に叫んだ。「この人数だと、本当に三百本売れちゃうかも」

「売り場のセッティングをし直すぞ。テーブルを真ん中に持ってきて、ここに並べよう」

「四本纏めてセット売りにした方がよくないっすか？　梶浦さんの写真に全種類映っているから、たぶん四種類全部買う人が多いっすよ」

「そうだな。じゃあ、俺は奥で四本ずつ袋に詰めてくる。ばら売りも置いておこう。そっちは任せた」

焦り声で言いつつも、顔が笑ってしまうのは抑えきれない。そうして文哉と手分けをして急ピッチで準備に取りかかったのが二時間前――。

開店して二時間も経たずに、店内の商品がすべて売り切れてしまったのだった。

嵐のごとく客がなだれ込み、去っていった後、厨房の作業台にぐったりと突っ伏す圭都と文哉はまるで屍のようだった。

〈クレフ〉がオープンして以来、あそこまで人が殺到したのは始めてのことだ。平日なのにどこから湧いてくるのか次々と客が押し寄せて、店内はぎゅうぎゅう詰め状態。様子を見に来た絹田の奥さんが急遽手伝ってくれて本当に助かった。

客層はいつもとは違い若い女性中心だったが、男性や年配女性も存外いた。その誰もが梶浦佑星のファンで、改めて彼の人気ぶりを思い知らされた。

とにもかくにも、店頭に並べた商品は完売だ。

客の多くはフィナンシェが目当てだったが、中にはせっかく来たのだからと他の焼き菓子やケーキも合わせて購入する人が一定数いたことがありがたかった。おかげでショーケースの中まですっからかんだ。ここまで気持ちいいほどなくなったのは、オープン初日以来だった。

もう動けないとばかりにだらんと四肢を投げ出して、文哉が言った。

「電話も鳴りっぱなしでしたね。さっきホームページを確認したんですけど、ネット予約数がヤバイことになっていたんで一旦受け付け終了にしときました」

「そうか、ありがとう。今までネット予約なんて一週間に数えるぐらいだったのにな」

「すごいっすよね。さすが梶浦佑星、たった一枚の写真でここまで人を動かすんだから」

本当に佑星様様である。

「明日は定休日ですけど、明後日以降もこんなに人が来るんすかね」

「どうかな。今日も買えずに帰ったお客さんが結構いたからな。売り方を考えないと」

全身に重く覆い被さるような尋常でない疲労感は、ここ最近では経験したことのないものだった。だが嫌いじゃない。くたくたに疲れているのにそれがとても心地いい。必死になって一つのことをやりとげた達成感。閑古鳥が鳴いていたこの店が一瞬にして客で埋め尽くされた光景を思い出すと、圭都は心が躍った。

来店した客それぞれがSNSに〈クレフ〉のフィナンシェについて画像やコメントをアップしている。目についたものはどれも好意的な意見ばかりだった。『美味しい！』と笑顔でフィナンシェを食べる女の子たちの写真を見て、これ以上ない嬉しさが込み上げる。

「それじゃ、今日はこれで上がらせてもらいますね」

帰り支度をした文哉がぺこりと挨拶をした。

「お疲れさま。明日はゆっくり休んで——ってわけにはいかないのか。漫画賞の締め切りが近いんだっけ？　頑張れよ。明後日からまたよろしく」

「ウス」文哉が言った。「店長、ようやくパティシエ・星森圭都の味をたくさんの人に知ってもらえますね。俺嬉しいっす。こんな忙しさなら大歓迎、どんと来いですよ。この調子でバンバン稼ぎましょうね。目指せ、さらば借金取り」

圭都はプッと噴き出した。確かにそれが目先の目標だ。

文哉を見送った後、圭都はふと思い立ち厨房に立った。作業を一つ終えて、今度はパソコンを立ち上げ店のホームページを開く。予約ページを確認すると、過去に見たことがない注文数になっていた。文哉が機転をきかせなければもっと数が膨れ上がっていただろう。

一つ一つ確認しながら、商品の発送スケジュールを立てていると、コンコンと勝手口を誰かがノックした。

パソコン画面から顔を上げる。壁時計を見るといつの間にかもう六時を回っていた。

圭都は慌てて立ち上がり勝手口に急いだ。ドアを開けた途端、冷たい風が吹き込んでくる。首を竦ませながら視線を上げると、そこに立っていた佑星と目が合った。

今日もラフな黒の上下にキャップとマスクというお忍びスタイルだ。

少し前に佑星から連絡があったのだ。連絡先は昨日のスタジオで半ば強引に交換させられた。佑星から届いたメッセージの内容は、今日は仕事が早く終わりそうだから、後で店にお邪魔するというものだった。

指でマスクを引き下げた佑星が見惚れるほどの美貌で微笑んだ。

「お疲れさま。もう閉店なんだな。店の明かりが消えていたからこっちに回ったんだ」

すっかり成長した幼馴染みとの対面はまだ慣れない。

至近距離でバンバン放たれる芸能人オーラに気後れしつつ、今が営業中でなくてよかったと思った。今日のような混雑の中、彼が店に現れたら大パニックになってしまう。世界で最もハンサムな男性一〇〇人に五年連続で選ばれる男だ。秋の夜風に冷えて少し青褪めた顔もまた色気があって美しく、圭都は不覚にも胸を昂らせてしまった。

「……今日は早めに店じまいしたんだよ。売るものがなくなったから」

佑星を中に入れてドアを閉める。キャップとマスクを取った佑星が嬉しげに訊いてきた。

「完売したんだな」

「おかげさまで。誰かさんがしっかり宣伝してくれたからフィナンシェ以外の商品も全部売れた。売れ残りゼロなんてオープン以来だよ」

「そうか、よかったじゃないか。圭都の作った菓子は文句なしに美味しいんだ。きっと今日食べたお客さんはそれをわかってくれるだろうし、リピート客も増えるはずだ」

佑星が本当に嬉しそうにくしゃりと相好を崩した。まるで自分のことのように喜ぶ佑星を前にして、圭都はなんだか拍子抜けした気分だった。

「全部売れたから、買い取ってもらう予定のフィナンシェは一本も残ってないんだけど」

「それは残念だな」佑星が冗談めかす。「圭都の絶品フィナンシェを今日も食べるつもりで楽しみにしていたのに」

「フィナンシェはないけど、別のものでよければあるぞ。食べていくか？」

圭都は冷蔵庫からケーキボックスを取り出した。売れ残ったフィナンシェを買い取りに来るかもしれない佑星に渡すつもりで別に焼いていたものだった。

箱を作業台の上に置く。

「これを俺のために？」

「完売のお礼と、昨日の差し入れと、あと一昨日の件ではいろいろ世話になったから。ありがとうの意味を込めて」

佑星が切れ長の目をぱちくりとさせた。そわそわしながら「開けてもいいか？」と訊いてくる。まるで誕生日プレゼントを前にした子どもみたいだ。圭都は苦笑しつつ「どうぞ」と頷いた。

佑星が箱をそっと開ける。

「チーズケーキだ！」

テレビで聞く落ち着いた低音ボイスとはかけ離れた弾んだ声が狭い厨房に響いた。

嬉しげに目尻を下げて、口もとも盛大に緩ませている。世間の梶浦佑星のイメージはクールと答える声が大半だろうが、それとはまったく違う。けれども圭都にとってはこちらの佑星の方が馴染み深かった。昔もこんなふうに圭都が作ったケーキを前にして喜んでくれたものだ。

何げない表情一つで、一瞬にして記憶が過去に巻き戻る。

追想にふけっていると、佑星がますますそわそわしながら言った。

「食べてもいいか?」

「いいけど。ちょっと待って、今皿を出すから……あっ」

圭都が食器棚に向かおうとした途端、佑星がカットケーキを手掴みで取ってかぶりついた。見た目とは裏腹に豪快な食べっぷりを見せつけられて、圭都はあっけにとられる。

ペロッと一個を平らげて、更にもう一個を手に取る。子どものようなわんぱくな食べっぷりだ。圭都は半ば呆れつつも、そういえば自分もこの笑顔を見たくて実家の台所でせっせとケーキを作っていたことを思い出した。

「まったく、行儀悪いなあ。そんなに腹が減っていたのかよ」

「ここに来る前に遅い昼ごはんを食べてきた。でも圭都が作ったケーキは別腹だから。相変わらず美味い」

――圭都が作ったものなら何個でも食べられる。別腹だから。

ふと脳裏にいつかの佑星の言葉が蘇った。今よりもずっと声が幼かったが、言っていることはあの頃と変わらない。

妙な懐かしさと気恥ずかしさが胸を占め、圭都は複雑な気分だった。

「お茶を淹れるよ。紅茶でいい？　ティーバッグのやつだけど」

「ああ、ありがとう」

紅茶を入れたティーカップを置くと、なぜか佑星が驚いたように目を瞠った。

「どうした？」

「いや」と、佑星がかぶりを振る。ケーキにかぶりついた時とは違って、優雅な仕草でティーカップを手に取る。そっと一口啜り、嬉しそうに呟いた。「美味しい」

佑星が「そうだ」といきなりハイブランドのバッグをあさり出した。

「また忘れないうちに返しておく。大事なものだろう？」

渡されたのはA5サイズのノートだ。

「あ、俺のアイデア帳」

「昨日返すつもりでいたのに、話に夢中になって忘れていた」

「ありがとう。なくしたんじゃなくてよかったよ。新商品のレシピが書いてあるから、これがないと困るところだった。明日試作してみようと思っていたんだ」

圭都はノートをパラパラと捲る。この一年に考案したレシピでノートの半分以上がすでに埋まっていた。実際に商品として店頭に並ぶのはそのうちの一割ほどだが、圭都にとってはこの中のすべてのレシピが頭を悩ませて生み出したかわいい我が子みたいな存在だ。

「そのアイデア帳、まだ続けていたんだな」

佑星が懐かしむような口ぶりで言った。

「ああ、うん。もうこれで十五冊目だよ」

圭都がアイデア帳を初めて作ったのは、菓子作りに興味を持ち出した小学五年生の頃だった。最初はこんなケーキがあったらいいなと、思いついたイメージをイラストにして描いていた。それが自分なりに知識や経験を重ねながら徐々に本格的になっていった。製菓を学んだ学生時代、フランスで修業を積んだパティシエ見習い時代。試行錯誤を繰り返して生み出したレシピや創作アイデアが詰まったノートは圭都の宝物だ。

「俺が覚えているのは五冊目までかな。最初の方はほぼ絵しか描いてなくて、それを見ながら圭都がこれは何でできていてこういうイメージなんだと説明してくれたんだ」

「頭ではどんどんイメージが湧くのに、実際形にしてみると全然上手くいかなくて失敗することも多かったよな」

「新しいノートは専門用語ばかりで、フランス語も交じっていて驚いた。俺が知らない間にも圭都は自分の夢に向かって一生懸命努力してきたんだな」

紅茶の水面を見つめながら、佑星がしみじみと言った。

「そっちこそ、まさか芸能界に興味があったなんて全然知らなかったよ。そんなそぶりを一度も見せたことがなかったくせに」

思春期真っただ中の中学生時代、クラスの男子の中ではどのアイドルグループの誰々がかわいいだとか、あんな彼女がほしいだとか、そんな話で盛り上がっていた。だが佑星自身が好きな芸能人の話をしたことは一度もなかった気がする。大人びていた佑星はそういうミーハーなものに興味がないのだと思っていた。

佑星が困ったように笑った。

「別に興味があったわけじゃない。なりゆきで、気がついたらこうなっていただけだよ」

「気がついたらスーパースターになっていましたって？　そっちの方がすごいだろ。もう厭みを通り越してさすがとしか言いようがないよ。さすが上級アルファ様は言うことが違う」

何か言い返してくるかと思ったが、佑星はなんとも言えない表情を浮かべて薄く笑っただけだった。

ふいにスマホの着信音が鳴った。圭都は自分のスマホを手繰り寄せた。

「あれ、大家さんだ。なんだろう、家賃は払ったのに」圭都はどぎまぎしながら電話に出る。

「もしもし？　お世話になっております……え？」

大家が甲高い声で一気に捲し立ててきた。いつも元気でテンション高めだが、今日はひどく焦った様子で何を言っているのか要領を得ない。「もしもし？　すみません、ちょっと聞こえにくくて」背後で誰かが叫んでいる。雑音がひどくて聞き取りにくい中、大家が声高に繰り返した。

『だからね、星森さん。うちのアパートの二階で水漏れがあって、一階の星森さんの部屋も水浸しになっているかもしれないのよ！』


大家からの電話を受けて急いで帰宅すると、いつもしんと静まり返っている木造の古アパートが騒然としていた。

立ち退き期限が来月に迫り、住人の半分はすでに引っ越していた。現在は、八戸中三戸に圭都を含めた三世帯が住んでいるのだが、外階段を上って二階東奥から二戸目、外出中に洗濯機の故障で水が溢れ、住人が帰宅した時には家中水浸しだったという。真下の圭都の部屋とその隣が深刻な水漏れ被害に見舞われたのだ。圭都より一足先に帰宅した隣に住む中年男性も、仕事帰りのスーツ姿のまま必死に家具を運び出していた。

圭都も慌てて玄関のドアを開けた。

サンダルが置いてある靴脱ぎ場に変わりはなかったが、耳をすますとピチャン、ピチャンと水が滴る音が聞こえてくる。

電灯のスイッチを入れようとして、佑星に止められた。

「漏電の危険があるから電気はつけない方がいい。ちょっと待っていろ」

なりゆきで一緒に駆けつけた佑星が、大家から懐中電灯を借りて戻ってくる。そういえば隣も電気をつけずに、車のヘッドライトを照らして作業をしている。

佑星が懐中電灯で部屋の中を照らす。

入って手前、板間の台所スペースは奥半分が水浸しになっていた。天井からはまだあちこちで水がぽたぽたと滴っており、水溜りがどんどん広がっていくのが見て取れる。水音に混じってミシミシと家が軋む嫌な音まで聞こえていた。

奥の六畳間も手前半分の畳が濡れていた。

畳んで端に寄せてあった布団は水を吸ってすっかり変色してしまっている。

もともとものは少なかったが、帰ってから片付けようと床に置いてあった洗濯済みの衣類やクッションは全滅。更に運が悪いことに、押し入れは天井から染みた水で収納がびしょ濡れになっていた。

圭都は茫然とした。朝家を出た時にはまさかこんなことになるなんて想像もしなかった。

「圭都、とりあえず大事なものを外に運ぼう。指示してくれ」

佑星の声で我に返る。圭都は頷き、佑星と手分けして荷物を運び出す。叔父から引き継いだ古い家具や家電製品は諦めることにした。貴重品や衣類等を中心にあらかた運び終えた後、はっと思い出した。

「そうだ、ノート！」

「え？　おい、圭都」

圭都は急いで部屋に引き返した。開け広げた押し入れを覗き込む。二段に仕切った下側、すでに中身を運び出して空っぽになった衣装ケースの奥に段ボール箱がしまってあった。

押し入れは上段の被害が大きかったものの、下段にあった段ボール箱は少し箱が濡れる程度ですんだ。「よかった」中身を確認してほっとする。十四冊のアイデア帳はすべて無事だ。

「圭都、まだ荷物があるのか？」と、佑星の声がした。

振り返り、圭都は声を張って返す。

「箱をひとつ残していたのを忘れていた。今そっちに戻る」

「一人で運べるか？」

「大丈夫、そんなに重いものじゃないから」

箱を抱えて六畳間を出る。台所の水溜りはこの短い時間にも大分広がっていて、もう靴脱ぎ場に近い場所まで侵食している。

歩くとスニーカーが水に浸かった。辺りに響く水音もいつの間にかポタポタポタ……と急くような絶え間ない音に変わっている。頭上では相変わらず木がミシミシと鳴っていて、圭都は急いで歩を進める。

その時だった。天井からメリッと一際大きな軋み音がした。

「?」見上げた先、暗闇に目を凝らすと、天井が大きくたわんでいるのがはっきりと見て取れた。

メリ……メリ……と、古天井のたわみが一層膨らみ、直後、バリバリバリッと雷が落ちたような轟音が鳴り響いた。

「圭都!」

佑星の叫び声が聞こえたと思った次の瞬間、圭都は強い力で突き飛ばされていた。

バランスを崩した体が濡れた畳の上に横倒しになって転がる。ほぼ同時に、耳をつんざくような凄まじい音とともに、天井を突き破って何かが落ちてきた。

まさにさっきまでいた場所にいくつもの段ボール箱が雪崩のように落ちてくる。ザザーッと大量の水も一緒に降ってきた。山のごとく積み上がった段ボール箱を目の当たりにして、圭都は言葉をなくした。もしあそこに立っていたらと想像してゾッとする。

圭都に覆い被さるようにして倒れ込んだ佑星が顔を上げた。

「圭都、無事か!」

焦った口調で問われて、圭都も瞬時に自分を取り戻した。

「……うん、俺は平気。俺よりもそっちは? 何も当たらなかったか?」

聞き返すと、佑星はかぶりを振ってほっとした声で言った。「圭都が無事でよかった。危機一髪だったな。俺も平気だ。なんともない……っ」

一瞬、佑星の表情が歪んだ気がした。

「佑星？」圭都は不審に思ったが、佑星はなんでもないと微笑んですぐに立ち上がる。

「立てるか？　この箱は俺が持つから早く外に出よう。そっちの窓は開くのか」

「窓？」圭都は振り返って六畳間の掃き出し窓を見た。「開くと思う。そうだな、玄関の方は危険だな」

天井が落ちて落下物で塞がれている台所は通らない方がいい。

圭都は震える膝に鞭打って急いで窓を開けた。

冷たい風が吹き込んできて、濡れた服に包まれた体から体温を奪っていく。

圭都は先に窓から出た。佑星が後に続く。アパートの裏手を回って表に戻ると、二階の床が抜けて大騒ぎをしていた住人と大家たちが駆け寄ってきた。

「無事でよかったわあ。星森さんを追いかけてお友達が中に入っていった後、すぐにものすごい音がしたから、二人とも落ちた天井の下敷きになったんじゃないかと心配したのよ」

大家が涙交じりに言った。

二階の住人は明日にも引っ越す予定だったという。梱包した荷物を一カ所に纏めて置いていたが、そこに水漏れが重なって、古い床が重さに耐えきれず抜け落ちたのだ。青褪めて駆けつけてきた顔見知りの住人に何度も謝られた。

大家が濡れた目もとを拭いながら告げてきた。

「星森さん、申し訳ないけれどもうこのアパートは駄目だわ。当初の立ち退き期日まであと一月もないけど、引っ越し先はまだ決まってないの？　他の二人はもう決まっていて、引っ越しを早める話をしていたのよ。引っ越し代はこちらで持つので、星森さんも早めに決めてもらえると助かるわ。それまで荷物はうちの倉庫に置いてもらって構わないのだけれど、当面の間身を寄せる場所がどこかあるかしら」

困ったように問われて、圭都は返事を詰まらせた。引っ越し先について何も考えていないわけではなかったが、やることが多すぎて後回しになっていた。とりあえず今夜は店に泊まるしかないだろう。

大丈夫だと大家に伝えようとしたその時、横から割って入る声があった。

「心配されなくても大丈夫ですよ。彼の引っ越し先はもう決まっていますから」

「え？」

圭都は思わず隣を見た。目が合った佑星が何食わぬ顔で言った。

「うちに来ればいい。ちょうど一部屋空いているから好きに使ってくれ」

「は？」圭都は困惑した。「え、待って。それはちょっと……」

「あらー、よかったじゃない！」

大家が歓喜の声を上げた。戸惑う圭都を押しのけるようにして佑星を見やる。

「あらま、暗くてわからなかったけど、星森さんのお友達イケメンだわあ。なんとかっていう俳優さんにちょっと似てない？」

ぐいぐいと言い寄る大家に佑星は苦笑してキャップを深く被り直す。

周囲には騒ぎを聞きつけた野次馬が集まっていた。圭都はまずいなと警戒する。佑星の正体がばれると大騒ぎになるのは目に見えているので、引っ越し云々よりもまずは彼を一刻も早くここから連れ出すことに思考を集中させた。

「じゃ、じゃあ、とりあえず俺たちも移動しよう。ごめん、ずっと持ってもらっていて。その箱重いだろ。俺が持つから」

圭都は佑星が抱えていた段ボール箱を引き取ろうとした。手が触れた途端、「……っ」佑星が顔を顰めた。

すぐさま顎を引いてキャップの鍔で目もとを隠そうとしたが、圭都はその一瞬の表情の変化を見逃さなかった。

「佑星、さっきもなんか変だったよな。左手どうかしたのか？」

まさかと思って訊ねると、佑星が弱ったように視線を逸らした。「おい」と、声を低めて問い詰める。ちらっとこちらを向いた佑星が観念したように息をついた。渋々白状する。

「……少し捻ったみたいだ」

圭都はさあっと血の気が引いていく音を聞いた。

都心の一等地に立つ高級マンションを訪れたのは二度目だった。

圭都は広いリビングで一人、落ち着きなく立ったり座ったりをもう何度も繰り返している。肝心の家主は不在だ。気分はさながら飼い主の帰りを今か今かと待っている犬のようだった。ドキドキして居ても立ってもいられず、リビングから玄関まで無意味に十往復目を終えたところである。

ガチャッと玄関ドアが開く音がした。

圭都ははっと振り返り、今歩いたばかりの廊下を急いで引き返す。

「佑星！」

息せき切って出迎えた圭都を見て、帰宅したばかりの佑星が驚いたように目を瞠った。

「手……っ、ど、どうだった？」

訊ねると、佑星が「ああ」といつもの平静さで答えた。

「少し痛めただけだ。なんともない」

ほっとしたのもつかの間、連絡を受けて病院に付き添った石黒が冷ややかな声で言った。

「何が少し痛めただけだ。ヒビが入って全治三週間だろ」

「ヒビ!?」

圭都は卒倒しそうになった。顔を顰めた佑星が余計なことを言うなとばかりに隣の石黒を睨めつける。石黒は素知らぬ顔をしてさっさと家に上がった。勝手知ったるとでもいうふうに荷物を持ってリビングに向かう。佑星がバツが悪そうにちらっとこちらを見た。

圭都は即座に謝った。「ごめん、俺のせいで」

一瞬目を見開いた佑星が言った。「圭都のせいじゃない。気にするな。それより、アイデア帳は無事だったか。一度水の中に落としただろ、中身は濡れてなかったのか」

「ああ、うん。それは大丈夫だった。箱は大きい荷物と一緒に大家さんちの倉庫にひとまず置かせてもらうことにした。今すぐ必要なものじゃないし」

「そうか。それならよかった」

佑星がほっと安堵した声で言った。まるで自分が怪我をしたことよりも、アイデア帳の方が大事だと言わんばかりのやりとりに、圭都は申し訳ない思いでいっぱいになる。あの時圭都が段ボール箱を取りに戻らなければ、佑星が怪我をすることもなかったのだ。

左手小指の不完全骨折で全治三週間。

それが医者の診断だった。だが、患部をしっかり固定しつつ超音波照射などの適切な施療をすれば早い回復が見込めるそうで、しばらく通院するという。

幸い、今は映画やドラマの撮影が入っていないらしい。多少の影響はあっても対処できる範囲だと石黒から聞かされて、圭都はひとまずほっと胸を撫で下ろした。

「仕事面においては私が責任を持ってフォローしますが、プライベートは星森さんにお任せするということで本当によろしいのですか？」

石黒が懸念を隠さない様子で問いかけてきた。

「佑星からは幼馴染みで気心が知れた仲だと伺っています。アパートが水漏れ被害に遭って、しばらく星森さんと一緒にこのマンションで暮らすことになったと先ほど聞いたばかりなのですが」

「ええっと……引っ越し先が決まるまで、その、しばらくお世話になる予定でして……」

本当は、佑星の無事を確認でき次第すぐに失礼するつもりでいたのだが、とてもそんな雰囲気ではなかった。

佑星からの同居の申し出は正直ありがたかった。しかし、さすがにこれ以上の迷惑はかけられないし、相手はアルファだ。抑制剤を飲んでいるとはいえ、一つ屋根の下で長時間一緒に過ごすことには抵抗があった。そうでなくとも十三年ぶりに会った佑星との距離感がいまだ掴めずにいるのだ。気まずいのは言わずもがな、二人きりで暮らすなんて耐えられない。

ところが、佑星が怪我をしたことでそうも言っていられなくなった。

佑星が長い足を組み変えた。

「そういうことだから、家の中のことは圭都に協力してもらうし心配しなくてもいい。ハウスキーパーも必要ない。俺が家に他人を上げることを好まないのは知ってるだろ」

言いながら、石黒に見えないように圭都の脇腹を肘でつついてくる。圭都は空気を読まざるを得なかった。

「お、おうちのことは俺に任せてください。頼りないかもしれませんが、全力でフォローさせていただきますので」

言いたくもないことを喋らされ、顔が盛大に引き攣る。だが、佑星の怪我は間違いなく圭都の責任だ。大スターに怪我をさせた負い目もあってさすがに断ることはできなかった。

石黒はしばらく黙っていたが、やがて「わかりました」と了承した。

これからまた事務所に戻る石黒を、圭都は佑星に代わって玄関まで見送る。

革靴を履いた石黒がふいにじっと圭都を見てきた。戸惑いながらも首を傾げると、石黒がぽつりと言った。

「あなたが例の幼馴染みだったんですね」

「例の？」

「音信不通の幼馴染みがいると佑星から聞いていました。引っ越しで離れ離れになり、最後が喧嘩別れのようになってしまったことをずっと後悔していると」

圭都は思わず押し黙った。石黒が続ける。

「以前、海外のインタビューで今一番会いたい人は誰かという質問に、佑星はその幼馴染みだと答えていたんですよ。会えたらその時のことを謝りたいと言っていました。再会して、一緒にここで暮らすことになったということは、当時のわだかまりは解消されたんですね」

「……ああ。はい、一応。その件はもう解決済みで」

答えると、石黒が「それならよかった」と言った。

「十年以上前の話だそうですが、佑星はずっとそのことが気にかかっていたようです。仕事人間でプライベートでの交友関係はほとんどない佑星が、唯一星森さんには会いたがっていたので、私もどんな方なのか興味がありました。そうですか、あなたが――」

改めて圭都を眺めた石黒が「なるほど」と頷いた。あの佑星の幼馴染みにしてはあまりにも平凡な人間で期待外れだと思われているのだろうか。なんだか申し訳ない。

「ああ、そうだ」と、石黒が思い出したように言った。

「佑星から伺っていますが、念のために確認させてください」

「はい？」

「星森さんの第二性はベータで間違いないですね？」

ぎくりとした。途端に目が泳ぐのが自分でもわかった。急に押し黙った圭都を不審に思ったのか、石黒が「星森さん？」と詰め寄るように問いかけてくる。

「う、あっ、は、はい！　もちろんです！」

咄嗟に言葉が口をついて出た。石黒が一瞬目を見開き、「プライベートな質問を失礼いたしました」と律儀に頭を下げた。

「いくら気心が知れているとはいえ、アルファとオメガの同居は万が一のことがあってからでは遅いですから。特に佑星は今最も注目度が高い上級アルファ俳優です。彼のスキャンダルを各方面がこぞって狙っていることを星森さんも頭に入れておいてください。場合によっては、星森さんまでマスコミの餌食にされるかもしれません」

「はい、心しておきます」

脅し文句に答えながら、全身の毛穴から冷や汗が噴き出す。これでますますオメガであることがばれるわけにはいかなくなった。

「それでは、佑星のことをよろしくお願いいたします。ちなみに佑星はあなたに再会できてとても喜んでいましたよ。せっかく仲直りをしたのですから、もう喧嘩はせずに仲良くしてくださいね」

「……善処します」

引き攣った笑顔で石黒を見送った後、圭都は頭を抱えた。「あー、なんでこんなことになったんだよ」

一人唸ってその場にしゃがみ込む。面倒なことになった。そう思う一方で、意外な気持ちにもなる。離れ離れになった後も、佑星がそんなに圭都のことを気にしていたとは思わなかった。

「仲直り、ね」

先日、スタジオで謝られた時のことを思い出した。十三年間音信不通だった裏で、少なからず佑星は圭都の行方を捜していたと知って驚いた。圭都自身は自分の勘違いが原因でもう二度と会いたくないと思っていただけに、今は頑なに佑星を拒絶してきた自分を恥じているところだ。

そうか、佑星は仲直りがしたかったのか……。

「いきなり同居の話を持ち出したのも、案外あの時の罪滅ぼしだったりするのかもな」

そんな佑星に怪我をさせてしまい、さすがに後ろめたい気分になる。

「とりあえず、ここにいさせてもらう間はオメガだとばれないようにしないと……」

その時、リビングから何か物音が聞こえた。

圭都は急いで戻ると、佑星が上着を脱ごうと格闘しているところだった。

「ちょ、ちょっと何してるんだよ。無理に動くと怪我に響くだろ。今手伝うから」

慌てて駆け寄り、佑星の腕から上着の袖を慎重に引き抜く。

「風呂に入りたいんだ」

「入ってもいいのかよ」

「シャワーを浴びる程度なら問題ないと言われた。泥がついているからそれだけでも流したい」

ちらっと視線を下に向けると、佑星の足もとには飛び跳ねた泥が乾いてこびりついていた。

圭都も預かった鍵でこの家に入る前は泥だらけだった。さすがに家の中を汚すわけにはいかないと、玄関先で急いで荷物をあさって着替えたのだ。それから洗面所を借りて、足や顔についていた汚れもタオルで綺麗に拭き取った。

「手伝うよ。濡れないように左手を保護しないと。タオルとビニール袋がある?」

佑星に指示をもらって、圭都はてきぱきと動いた。怪我をした左手にタオルを巻き、その上からビニール袋を被せる。外れないようにビニールテープでとめて浴室に移動する。

後は一人で大丈夫だ。佑星の言葉を信じて圭都が脱衣所を出た途端、ゴンッと何かにぶつかる音がした。慌てて閉めたドアを開けると、ズボンを脱ごうとして裾を踏みつけたあげくに顔面から壁に激突した佑星の姿を見つける。

「うわっ、何やってるんだよ。今度は顔を怪我したらどうするんだよ」

人気俳優の類い稀なる美貌に傷でもついたら、それこそ大問題だ。

これ以上怪我をされてはたまらない。圭都は進んで佑星が服を脱ぐのを手伝った。下着は頑張って自分で脱いでもらって、圭都もその間に急いで腕捲りをし、スウェットを膝まで捲り上げる。

腰にタオルを巻きつけた佑星と一緒に浴室に入った。

脱衣所も広かったが浴室は更にすごかった。

圭都のアパートの部屋がすっぽり収まってしまうほどの面積で、かつ洗練されたスタイリッシュな空間にしばしぽかんとなる。

「圭都、俺はどうしたらいい?」

我に返ると、佑星はすでにバスチェアに座って待っていた。

「先にシャワーをかけるよ。左手にかからないように上げておいて」

佑星が言われた通りに左手を高く掲げる。圭都は温度に注意してシャワーの温水を佑星の体にゆっくりとかけていく。あまり温めると血行がよくなって患部の痛みが増すため、二日ほどは入浴を避けてぬるめのシャワーを軽く浴びるかタオルで体を拭く程度だ。その後も患部を濡らさないように気をつける必要がある。となると、やはりしばらくは圭都が彼の入浴に付き合わなければならないだろう。

泥を落とし、シャワーでさっと汗を流してすぐに浴室を出た。

圭都がバスタオルで体を拭いてやっている間、佑星はされるがままだった。艶のあるなめらかな肌はしっとりとしていて、その下はしっかりとした筋肉で覆われているのがよくわかる。骨格からしてアルファのそれはベータやオメガと比べて桁違いに恵まれている。

中学の頃の佑星とはもはや別人の、成人したアルファ男性の体つきを前にして、圭都は思わずごくりと喉を鳴らした。

思えば、圭都はアルファアレルギーを発症してからというもの、できる限りアルファとの接触を避けて生きてきた。

アルファの裸体を目にする機会など、それこそ雑誌のグラビアや映画やドラマでしかなかった。この近距離で生のアルファの肌に触れるのは佑星が初めてなのだ。

アルファに限らず、圭都は今までまともに誰かと深く付き合ったことがない。もちろん体の関係を持ったこともない。学生時代に軽い人間不信に陥ってから、人とかかわることが怖くなり、恋人どころか友人もなかなかできずにこの年まで生きてきた。友人はともかく、恋人は必要ないとすら思っていた。オメガの性は本能で番となるアルファを求めるものだというが、圭都はそれも人それぞれだと考えている。オメガにとって最大の悩みであるヒートも、抑制剤があれば特に問題なく普段通りの生活が送れるのだ。

だから、この先一生アルファと交わらずとも一人で生きていける。それ以前にアレルギーがある以上、圭都はアルファに近づけない。アルファとどうこうなるなんて、圭都にはありえない話だった。

ところがどうだ。

目の前の男がアルファであることは明らかなのに、圭都は彼の体を拭き、せっせとパジャマを着せている。バスルームでは直接肌にも触れたのに、やはり圭都の体はくしゃみも発疹も出なかった。

どうして佑星だけが平気なのか。自分の体のことなのにさっぱりわからない。

――もしかすると、梶浦さんが店長の『運命の番』だったりして。

ふいにまた、文哉のあの言葉が脳裏を過った。

まさか、そんなことあるはずがない。圭都は即座に頭の中で打ち消す。

濡れた髪の毛先をタオルで挟み丁寧に水分を吸い取っていると、ふいに嗅覚が刺激された。

風呂上がりの上気した佑星の肌からは、ボディーソープの香りに混じってなんとも言えない芳しいにおいがした。

なんだろう、このいいにおいは……。

人工的なものとは違う、脳髄までくらくらするような甘いにおい。無意識に鼻をひくつかせていた時だった。突如、下腹部がずんと重くなり、急激な変化が表れた。

圭都は我に返って自分を見下ろす。スウェットの股間部分が張り出しているのを認めた瞬間、ぎょっとした。なんでこんなことに……！　慌てて持っていたバスタオルで己の下半身を隠すと、佑星が怪訝そうに振り返って訊いてきた。

「圭都？　さっきから何をしてるんだ？　バスタオルがどうかしたか」

「あ、いや、ちょっとトイレに行きたくて。実はずっと我慢してたんだよ」

ちょうど着替え終わった佑星がもじもじする圭都を見て、それは気がつかなかったと手洗いへと促す。圭都は急いで脱衣所を出た。

手洗いに駆け込み、圭都はバスタオルで隠した股間を恐る恐る確認した。さっきまでなんともなかったはずのそこが、どういうわけかじんじんと熱を帯び、明らかに兆している。

「まさか、アルファに接しすぎたせいで擬似ヒートが起こったとか……？」

圭都のヒート周期は安定しており、次のヒートまでまだ一月以上もあるはずだ。かつ抑制剤をきちんと飲んでいるにもかかわらず、体がこんな反応を示したのは初めてのことだった。

どうしよう。とにかく一刻も早くこれを静めなければ。こんな姿を佑星に見られてしまっては一巻の終わりだ。

そっとドアを開けて外の様子を窺った。幸いまだ佑星は脱衣所にいるようだ。ドライヤーの音が聞こえる。

圭都は手洗いを出てリビングに急いだ。着替えを詰め込んだボストンバッグの中から抑制剤の瓶を取り出す。急いで錠剤を飲み込んだ。

すぐに股間の熱は収まり、圭都はほっと胸を撫で下ろした。同時に不安が込み上げてくる。

やはりアルファとの同居生活なんてするべきではないのかもしれない。

「圭都？　大丈夫か、間に合ったのか」

振り向くとタオルを首にかけた佑星が立っていた。圭都は慌てて錠剤の瓶をスウェットのポケットに押し込んで言った。「うん、大丈夫だった。ドライヤーちゃんとできた？」

「ああ、これくらいは自分でできる」と答えた傍から、佑星の足もとにぽたぽたと水滴が落ちる。利き手の右側は乾いているようだが、左側がまだ濡れていた。

「いや、全然乾かせてないって。ソファに座って待ってろよ。ドライヤー取ってくるから」

圭都は急いで脱衣所からドライヤーを持ってリビングに戻る。おとなしくソファに座って待っている佑星の髪を乾かしてやった。

ふと佑星が懐かしむように言った。

「昔はよく一緒に風呂に入った後、こんなふうに髪を乾かし合ったな」

「あー、そうだったっけ。子どもの頃はドライヤーで乾かすのが面倒くさかったけど」

「圭都は自然乾燥でいいと逃げ回って、おばさんによく怒られていた」

「……どうでもいいことを覚えているな」

佑星がふっとおかしそうに笑った。「圭都との思い出にどうでもいいことなんてないよ」

しばしの間、他愛もないことを話しながら穏やかな時間が流れていった。

風呂をもらい、さっぱりしてリビングに戻った圭都はソファに寝床の準備を始めた。ところがすぐに佑星に呼ばれた。

「どうした？」

見覚えのある広い寝室に入ると、佑星がベッドに横たわっていた。掛け布団を半分捲ってぽんぽんとシーツを叩いてみせる。

「ああ、布団をかければいいのか」

捲った布団をもとに戻そうとする圭都の手を佑星がいきなり掴んで引き寄せた。そのまま圭都は強い力でベッドに引きずり込まれる。

「おい、何するんだよ」

「ベッドはここにしかないんだ。今夜はここで一緒に寝よう」

「いや、俺はソファを借りるから。毛布を貸してもらえたらありがたいんだけど」

「それは駄目だ。きちんとした場所で睡眠を取らないと体に悪い。遠慮しなくてもベッドは十分広いし、昔はよく一緒に寝ていたじゃないか」

「いつの話だよ。そんな子どもの頃の話を今持ち出すなよ」

「ついこの間も一緒に寝ただろ」

真顔で言い返されて、圭都はうっと押し黙った。

佑星がしつこくぽんぽんとシーツを叩く。聞き分けのない子どもが親に添い寝をねだるような仕草は、クールでセクシーな世界的俳優、梶浦佑星のイメージとはてんでかけ離れている。むしろ幼少期の彼を思い出して、一気に記憶が巻き戻るような妙な感覚に陥った。

「……っ」

ふいに佑星が顔を顰めた。圭都は焦って訊ねた。

「怪我が痛むのか？　鎮痛剤は？」

「さっき飲んだ」

「だったら早く寝ろよ。睡眠は大事だぞ。寝ている間に組織の修復や細胞の再生が行われるんだから」

「ああ、そうだな。だから圭都も一緒に寝よう」

どうしてそこで「だから圭都も」になるのか。うんざりするも、佑星はいそいそと更に布団を捲って圭都にスペースを空けようとする。無意識なのかギプスをした左手まで使おうとするから慌てて止めた。

苛立つ頭の中をふいに石黒の声が過る。仲直り。喧嘩をせずに仲良く。

「――わかったよ、俺もここで寝させてもらうから」

結局、圭都が折れた。勝負に勝った佑星は満足げに笑っている。

正直、一緒のベッドで寝るなど冗談ではなかった。抑制剤は飲んだが、それでももしまた何かの拍子に発情したら言い訳ができなくなる。こんな状態で眠れるわけがない。

仕方ない。佑星が眠るのを待って、そっと部屋を抜け出そう……。

そう考えたのが最後、すぐに記憶は途切れた。翌朝目覚めるまで、圭都は佑星の隣でぐっすり熟睡したのだった。

6

翌日、マンションに石黒が迎えに来て、佑星は仕事に出かけていった。そのまま病院に寄って帰るそうだ。

　圭都も朝から店に向かった。今日は定休日だが、佑星のおかげで通信販売の予約が殺到しているため、今後の発送スケジュールを組まなければならない。明日も昨日と同じぐらいの客が店舗に足を運んでくれることを想定して仕込みをしなくてはならないし、新作レシピの試作も進めたい。

　やることが山積みだ。これまでが暇すぎたので、急な忙しさに戸惑いつつもワクワクと高揚する気持ちの方が大きかった。

　黙々と雑務をこなしていると、スマホが鳴った。佑星から病院にいるとの報告だった。治療を終えてこれから帰宅するようだ。

「思ったより早いな」圭都は呟きながら時間を確認してびっくりする。

　作業に没頭しているうちに、いつの間にか夕方といえる時間帯になっていた。

　とりあえず必要な仕込みは終わったし、雑用もあらかた片付けた。圭都は急いでコックコートを脱いで着替えると店を出た。

地図アプリを頼りに指示されたスーパーマーケットに到着する。

ここで佑星と待ち合わせをしているのだ。

同居生活一日目はバタバタした朝から始まった。

昨日はいろいろあって疲れていたのだろう。二人とも熟睡した結果、盛大に寝坊をしてしまった。

ひどかったのは佑星の寝起きの悪さだ。そういえば昔から朝が弱かった。圭都は必死になって佑星を起こし、石黒の迎えが来るまでになんとか身支度を手伝ってやったのだ。

もう一つ驚いたのが冷蔵庫の中身である。

今朝、朝食を準備しようと冷蔵庫を開けたら見事なほど空っぽだった。水のペットボトルと缶ビール、サラダチキンのレトルトパウチが二つ。仕事柄、食事制限をしているのかと思ったが、特にそういうわけでもないという。単に料理が苦手で食事はほぼ外で済ませる生活を送っていると聞いてびっくりした。節約志向の圭都とは正反対である。

とはいえ、佑星ほどの金持ちに食費云々の話はやぼだ。しかし外食ばかりでは健康面が心配になる。

しばらく一緒に暮らすのなら、料理を圭都が引き受けても問題ないだろう。

帰りにスーパーに寄るから近くの店舗を教えてほしい。そう言うと、それなら自分も一緒に行くと佑星の方から言い出したのだった。

佑星がよく利用するという高級スーパーの看板を眺めて、圭都は気後れした。セレブ御用達として有名なチェーン店で、あらゆる商品が一般的な価格の数倍はする。

「あいつはいつもこんな店で買い物をしてるのか……」

そういえばサラダチキンもこの店のものだった。

「圭都」

ふいに肩を叩かれた。振り返ると、黒ずくめの格好をした佑星が立っていた。ラフな服装だが、それぞれがブランド物の高級品であることを、今朝乾燥機から取り出した服のタグを見て知った。それをスタイル抜群の佑星が身につけると更に付加価値が跳ね上がって見える。

「目立たない格好で来るようにって言ったのに」

「これなら目立たないだろ」と、キャップと眼鏡を装備した佑星が胸を張って答える。

圭都は曖昧に頷いた。彼の場合、何をどうやったってオーラは隠しきれないし、もとの作りからして一般人とは違うのだと理解する。

「手の調子はどうだった？」

「昨日よりは少し腫れが引いていた。痛みも昨日ほどじゃない」

「そうか。早く治るといいな」

店内に入ると、圭都がよく利用する庶民派スーパーでは見かけない食材や調味料がたくさん並んでいた。製菓コーナーも広くて、品物を見ているだけで胸が躍った。

「買うものがあればどんどん買ってくれ。うちには食べるものが何もないからな。引っ越しの際に家具の手配もすべて石黒さんに任せたから、調理器具だけはやたらと揃っているんだ。俺はいまだに使い方もよくわからない」

「もったいないよな。あのオーブンならケーキでもクッキーでもなんでも焼けるぞ。あ、レモンピールがある。オレンジピールも。うちの近所のスーパーはこういうのを置いてなくてさ。店の在庫が切れた時にいざ近場で買おうと思ったら結構遠くまで行かなきゃいけないんだよ。新作ケーキの試作に使おうとしたらなくて困ってたんだ」

佑星がレモンピールとオレンジピールを手に取り、迷うことなくカゴに入れた。

「うちで作ったらいい。味見させてくれ」

「……うん、いいけど。そうだ、夕飯は何がいい？　お前の好きなものを作るよ」

「え」と佑星が目をぱちくりとさせた。「ケーキ以外のものも作れるのか」

「バカにしてるのか？　一人暮らしを始めてからはできるだけ自炊をしてるからな。ある程度のものなら大体作れるよ」

佑星が感心したように言った。「ロールキャベツは？」

「ロールキャベツね。そういえばお前、うちの母さんが作ったロールキャベツ好きだったもんな」

お隣さんだった頃、佑星は六つ下の弟と二人でよく圭都の家に来て一緒に夕飯を食べていた。

佑星が嬉しそうに笑った。「覚えていてくれたんだな」

不意打ちのその笑顔を見た瞬間、どういうわけか動悸がした。

「……そ、そりゃまあ、覚えているよ。母さんも喜んでたし。俺のロールキャベツも母さん直伝だから、なかなか美味いと思う」

「へえ、それは楽しみだな」

佑星が屈託のない笑顔を見せる。たちまち心臓が大きく跳ねた。圭都は不可解な動悸に戸惑い、急いで佑星から視線を外す。とその時、「ねえあの人ってさ……」「似てるよねえ、かっこいい」と、女性の話し声が聞こえた。

佑星だと気づかれたかもしれない。

圭都は「あっちに行こう」とカートを押しながら佑星を促した。

会計を済ませて、二人で手分けしてエコバッグに品物を詰めていた時だった。

ふいに鼻がむずむずし出した。そう思った途端、「クシュン」とくしゃみが出る。

圭都は反射的にパーカの袖で鼻と口を覆った。すぐにくしゃみを連発する。

圭都の異変に気づいた佑星がひそめた声で問うた。

「アレルギーか？」

圭都は頷く。「たぶん、近くにアルファがいる……クシュンッ」

辺りを見回した佑星が何かに気づいたように言った。「あの男性かもしれないな。背の高い体格のいい中年の男がこっちに近づいてくる」

　圭都もそちらを見やる。佑星が言った通りの中年男性がレジを通り、圭都たちの隣の台で商品を袋に詰め始める。

　くしゃみが立て続けに出た。男性がちらっとこちらを向き、怪訝そうに圭都を見てくる。何かの感染症ではないか。そんな目で見られて、申し訳ない思いでいっぱいになる。だがこればかりは自分でも制御ができないのだ。またくしゃみが出そうだ――咄嗟に口もとを手で覆った次の瞬間、すっと圭都と男性の間に佑星が自分の体を滑り込ませてきた。

　強引に割り込んできた佑星の胸もとに圭都は顔を押しつける格好になった。

　思わず息を吸うと、なんとも言えない芳しいにおいが鼻腔をくすぐる。人工的なものではないそれが佑星の体臭なのかはわからない。しかしそのにおいを嗅いだ瞬間、不思議なことにくしゃみがぴたりと止まった。

　さっさと商品を袋に詰めた男性は圭都たちの横を通り過ぎて店を出ていった。

「圭都、もう行ったぞ。まだくしゃみが出そうか？」

　圭都は首を横に振った。「大丈夫。もう平気」

　鼻のむずむず感も治まっている。いつの間にか佑星の胸に抱きつくようにしてすがりついていた自分に気づいて、圭都は慌てて飛びのいた。

「ご、ごめん。でも助かった。佑星が間に入ってくれたら嘘みたいにくしゃみが止まったから」

その様子を目の当たりにした佑星も興味深そうに言った。

「本当に俺以外のアルファが近づくと症状が出るんだな」

「そうなんだよ。そのせいでフランスにいる間も、有名なパティシエと一緒に仕事をする機会に恵まれても、相手がアルファだと断念せざるを得なくてさ。悔しい思いをした」

師事したパティシエはベータだったが、彼には有名パティシエの知り合いが多かった。師匠の計らいで何度か彼らと会える機会がめぐってきたが、国際的に活躍するパティシエにはアルファが多く、圭都は泣く泣く諦めるしかなかったのだ。

「その時に俺が圭都の傍にいてやれたらよかったのに」

ぽつりと悔しげに落とされた言葉に、圭都は目を瞠った。

佑星が言った。

「必要があれば遠慮せずに俺を呼んでくれ。圭都の防御役は俺にしかできないことだろ」

「……さすがに人気俳優をこんな理由で呼び出したら俺が石黒さんに叱られるよ。でも、ありがとうな」

びっくりしたが、佑星の偽りない言葉が嬉しかった。

荷物を持って二人でスーパーを出る。駐車場で擦れ違った中年の女性二人がチラチラと佑星を気にするように見ていることに気がついた。圭都はさりげなく立ち位置を入れ替えて、佑星を客の視線から遠ざける。今は圭都の方が佑星をファンから守る防御壁役だなと思う。

「有名人も大変だな。俺はアルファに近づけないけど、佑星の場合は下手にオメガと一緒にいたら根も葉もない噂を立てられたりするんだろ？」

「……まあ、そういうこともあるな。この業界に入ってから、何度かハニートラップを仕掛けられたことがあるし」

「ハニートラップ？」

漫画でしか見たことのない単語に圭都は俄に浮ついた。

「オメガのタレントにわざとフェロモンを嗅がされて煽られたことがある。番にしてくれと言われていきなり襲いかかられた」

淡々と話す佑星の生々しい経験談に、圭都は思わずごくりと唾を飲んだ。

「そ、それで、どうしたんだよ」

「逃げたよ。多少力技を使ったけど、怪我をしたとしても自業自得だろ。週刊誌にはまともに話したこともないオメガ女優との熱愛報道まででっち上げられたこともあった。男性ミュージシャンもあったな。知らないうちに俺には番が何人もいることになっていて、本人が一番驚いているよ」

圭都は記憶を探ったが、嘘か本当か佑星のゴシップ記事は多すぎてどれがそれなのかわからなかった。フランスにいる間は意識的に日本の芸能情報から距離を置いていたので、佑星がどれだけ華やかな恋愛をしてきたのか想像もつかない。

「オメガだとか番がどうだとか、正直もううんざりだな」

佑星が嘆息した。圭都は内心どきりとする。一瞬、自分がオメガであることを疎まれたような気がした。

「でもさ」圭都は少し躊躇って言った。「あの子は別だろ？」

「あの子？」

「ほら、許婚の彼女だよ。まあ、オメガの彼女と一緒にいるところを写真に撮られたら間違いなく大騒ぎになるだろうし、結婚したらそれどころの騒ぎじゃないだろうけど、会いたいのに会えないのは大変だよな。彼女も相当我慢しているんじゃないの？　あ、もしよかったら俺も協力するよ。俺のことをダシに使ってくれてもいいし」

「圭都、そのことだけど……」

その時、佑星のスマホのバイブ音が鳴った。話を中断し、佑星が電話に出る。

「もしもし。ああ、終わった？　わかった、すぐに戻る」

通話をすぐに終えた佑星に、圭都は訊ねた。

「どうかしたのか？」

「ベッドが到着したんだ」

「ベッド？」

「少し急ごう。石黒さんを待たせている」

佑星がちょうど通りかかった流しのタクシーを止めた。マンションまで徒歩五分ほどの距離だが、佑星は構わずタクシーに乗ってしまう。圭都も急かされて乗り込んだ。

急いで帰宅すると、合鍵で中に入った石黒が待っていた。

「言われた通りに業者に頼んで家具は配置してもらったぞ」

「ありがとう。圭都、こっち」

佑星に手招きされて、圭都は歩み寄った。寝室や書斎とは別のドアの前に導かれる。

佑星がドアを開けた。部屋の中を見て圭都は驚いた。

八畳ほどの広さに新品の家具が一式取り揃えられている。ゆったりとした大きさの高級ベッドまで置いてあった。

「どう思う、この部屋」

「どうって、いいと思うよ。モデルルームみたいでかっこいいし」

「今日からここが圭都の部屋だ。自由に使ってくれ」

「えっ」圭都は仰天した。「俺の部屋？　いやいや、そんなのいらないって」

「俺は一緒のベッドで寝ても構わないんだが。仕事上生活時間がずれることもあるだろうし、せっかく寝ているところを起こすのは申し訳ないしな。もちろんキッチンなどの共用スペースは好きに使ってくれて構わないから」

いや、そういう話ではなくて……。動揺する圭都をよそに、佑星と石黒は仕事のスケジュールを確認し始めた。話を終えると、すぐに石黒は帰っていった。

リビングから戻ってきた佑星が言った。

「どうだ、気に入ったか？」

「気に入るとかそういうの以前に、これはやりすぎだろ。俺は寝床はソファを貸してもらえるだけでありがたいし、なんなら寝袋でいいんだけど。確か文哉が持っていたから相談してみるよ。それに、新しいベッドなんか買って変に誤解されたらまずいんじゃ……」

「誤解って、誰に？」

圭都の声を遮るようにして佑星が言った。急に低まった声に圭都は一瞬押し黙る。

「誰にって、だからそれはその、許婚の彼女に……？」

佑星が小さく息をついた。

「圭都は何か勘違いしているようだが、俺に許婚はいない」

きっぱりと否定されて、圭都は困惑する。

「は？　え、だって、お祖父さんが決めた許婚がいて、将来はお祖父さんの会社を継ぐ予定でその子と結婚するって話だっただろ。良家のお嬢様でお祖父さんの大のお気に入りだから断ることはできないんじゃなかったのかよ」

確か、圭都の両親がそんなふうに話していたのを耳にした覚えがあった。

佑星が眉間に皺を寄せた。何から説明すればいいのかわからない。そんなふうに考えあぐねる様子を見せた後、ゆっくりと口を開いた。

「正確には許婚を解消したんだ。だから今はもう許婚という関係性はない」

「え、いつ？」

「もう十年近く前」

思ったよりもはるかに昔の話で圭都はぽかんとなる。佑星が訥々《とつとつ》と話し始めた。

「俺たち家族が祖父の家で暮らすようになって三年が経った頃、祖父の事業を継ぐはずだった父さんが急死した。それから間もなくして叔父の、俺より五つ下の長男がバース判定でアルファだと判明したんだ。それからだ、祖父の態度が一変したのは」

佑星の父親が継ぐはずだった事業は叔父が継ぐことになった。そしてアルファ判定が出た孫をゆくゆくは一色家の跡取りにしたいと祖父が言い出したのだ。もともと祖父が佑星たち家族を一色本家の邸宅に呼び寄せたのも、跡継ぎ候補の佑星を自分の傍に置きながら教育を施すためだった。ところが、もう一人の孫もアルファだとわかり、祖父は二人の孫を天秤にかけた結果、佑星ではなく従弟を選んだというわけだ。

そうなると、佑星たちの存在は邪魔でしかなくなった。亡くなった長男家族に祖父も祖母も叔父家族も使用人たちまでが手のひらを返したように冷たい態度をとるようになった。特に母親への当たりがひどく、佑星は高校を卒業するタイミングで母親と弟を連れて一色の家を出る決断をしたのだ。

「その時点で、許婚の件はいつの間にか従弟に話がスライドしていた。それに関しては別にいいんだ。政略結婚なんて勝手に決められて正直迷惑だったし、厳格な祖父の前で両親の顔を立てるために言いなりになっていたようなものだったから」

ちょうどその頃、佑星は石黒と出会い、芸能界で活動してみないかと誘われたという。

「君ならすぐに大金を稼げると言われて、乗らない手はないと思った。一色の家を出てとにかく金が必要だったから、母と弟を養うためにも芸能界に飛び込んで必死に働いた。梶浦は母の旧姓だ。一色と縁を切って、梶浦姓になったんだよ。芸能界で一色姓を名乗るのはいろいろと都合が悪いし、ちょうどよかったんだ。だから今の名字は梶浦だ」

先日の佑星の言葉が脳裏に蘇った。

――別に興味があったわけじゃない。なりゆきで、気がついたらこうなっていただけだよ……。

聞きようによっては厭みにも取れるが、それが佑星の本音なのだろう。目立つことがあまり好きではなかった佑星がなぜいきなり芸能界に足を踏み入れたのか、少し疑問ではあったのだ。その理由を知って圭都は少なからず衝撃を受けていた。

子どもの頃、佑星から金持ちの祖父がいると聞いて、圭都は羨ましいと思った覚えがある。音信不通になった後の佑星がどんな気持ちで一色の家で暮らしていたのか、想像しただけで胸が苦しかった。

佑星がふうっと息を吐き、どこかすっきりした顔で言った。

「だから、圭都は余計なことは気にせず遠慮なくこの部屋を使ってくれたらいいんだ」

「いや、でも……」

それとこれとはまた別の話だ。たった数週間の仮住まいの身なのに、こんな立派な部屋を作ってもらっても困る。出ていきづらくなるではないか。佑星の突拍子もない行動に若干引いていると、ぐうっと腹の虫が鳴いた。

圭都は慌てて自分の腹を押さえた。「うわ、ごめん。昼抜きだったから」

佑星が心配そうに訊いてくる。「そんなに忙しいのか」

「いや、単に食べるタイミングを逃しただけ。いろいろとやっていたら、いつの間にか時間が経っていたんだよ。お前は？」

「俺も実は腹が減っている」

佑星が圭都に倣って腹を押さえてみせる。大人がするその子どもっぽい仕草が妙におかしくて、圭都は笑って頷いた。「わかった。すぐにロールキャベツを作るよ」

ひとまず部屋のことは後回しだ。キッチンに立ち、夕食の準備を始めた。

「手伝おうか」

「いいよ。その手を下手に動かして悪化したら困る。そっちでおとなしくしてて」

「わかった」と、佑星が聞き分けよくリビングに引き返してソファに腰を下ろす。先ほど石黒から受け取った台本らしきものを読み始めた。

手間がかかる料理だが、誰かのために作るのは久しぶりで意外と楽しかった。自分一人が食べるために凝ったものはほとんど作らない。材料費に光熱費もかかるし、何せ面倒だ。これからしばらく佑星と一緒に食事をするなら、少し手の込んだものを作ってみてもいいかなと思う。時間があれば食後のデザートも。

「できたぞ」

ロールキャベツを盛った皿をダイニングテーブルに並べて佑星を呼んだ。

集中していたのか、佑星がはっと現実に引き戻されたみたいに台本から顔を上げた。

「あ、悪い。邪魔したか」

「いや、ちょうど切りがいいところだった。いいにおいだな」

鼻をひくつかせながら佑星が寄ってくる。テーブルの上を見て目を大きく見開いた。

「すごい。本物のロールキャベツじゃないか」

「当たり前だろ。偽物のロールキャベツってなんだよ。ほら、早く座って」

佑星がいそいそと席につく。手を合わせる佑星を圭都は「ちょっと待って」と止めた。ロールキャベツの上に仕上げのケチャップをかける。

「どうぞ、召し上がれ」

「いただきます」

佑星がロールキャベツに箸を入れる。とろとろのキャベツはすっと箸で切れ、ひき肉のタネを割ると肉汁が溢れ出た。大きめの一口を頬張った佑星が顔を綻ばせた。

「美味い。懐かしい味だ。そうだった、おばさんのロールキャベツもコンソメで煮込んで、最後にケチャップをかけるやつだった」

「デミグラスとかトマトソースで煮込むやつもあるけど、俺はロールキャベツといえばこれだな。家庭の味」

「俺の家庭の味は半分が星森家の味だ」

「そうだよな、お前ら兄弟が料理を褒めまくるから、母さんは調子に乗っちゃってパン作りとかに目覚めちゃったからね。夜中になんかすごい音がしてさ。父さんとゴルフクラブを持って恐る恐る一階に下りたら、台所で母さんが何かブツブツ言いながらパン種を叩きつけていたことがあったんだよ。あれはマジでびっくりした」

「アハハハ。おばさんのパン美味しかったな。また作ってくれないかな」

「やめろよ。おだてるとすぐ調子に乗るんだから。海外からパンを送ってくるぞ」

佑星がおかしそうにくつくつと笑う。

「弟くん――惟月《いづき》だっけ。元気？」

「ああ、元気だよ。今大学四年で、就職先も決まって春からは社会人だ」

「そっか。もうそんな年なんだ。おばさんも元気？」

つい最近も同じ質問をしたばかりだった。だが、佑星たちが歩んできたここまでの経緯を知ってしまうと、どうしてももう一度聞いておきたかった。惟月も佑星が学費を出したのだろう。

佑星が微笑んだ。

「ああ、元気にしている。最近は趣味で絵画教室に通い始めたって惟月が言っていた。圭都の話をしたらきっと会いたがるだろうな」

「俺も会いたい。そういえばおばさん、絵が上手かったよな。よく描いてもらったのを覚えているよ。惟月も上手かった。佑星が一番下手だったよな。ていうか、お前実は不器用だよな。昔、一緒にケーキを作るって言いながら、小麦粉を盛大にぶちまけたじゃん。チョコを溶かしてって頼んだら湯の中に入れるし。あれ以来、味見専門になったよなあ」

「……ちょっと手が滑っただけだ。今は湯せんの意味も知っている」

佑星が拗ねたように言い訳をする。圭都は声を上げて笑った。

もし、と考える。もしも十三年前に喧嘩別れをしていなかったら。音信不通にならずに連絡を取り合っていれば。引っ越した祖父の家で佑星が理不尽な目に遭っていた時、傍にはいられなくても、電話やメッセージのやりとりを通じて佑星が辛い時に話を聴くことぐらいはできたのかもしれない。

アルファとはいえ同じ人間だ。ましてや高校生にできることなど限られている。弱音を吐ける相手が一人いるだけで救われ、心の支えになることもある。今更たらればの話をしても仕方のないことだが、そう考えると当時の佑星に対してひどく申し訳のないことをした気分になった。

その時の償いというわけではないけれど、やり直せるならもう一度、佑星との関係を修復できたらいいと思ってしまった。今考えても、佑星と一緒に過ごした時間は他の誰といる時よりも自然でとても楽しかった。

思い出話に花が咲き、思う存分笑って、久々に楽しい食事だった。

食後に店から持ち帰ったクッキーを出した。紅茶のカップを佑星の前に置く。

ミルクティーを一口啜って、佑星がふっと頬を緩ませた。

「昨日も店で出してくれた時に思ったんだが、俺がミルクティーが好きなことを覚えていてくれたんだな」

言われて圭都も気がついた。そういえば何も考えずに佑星には紅茶にミルクを入れて出していた。昔からコーヒーではなく紅茶派。紅茶にはレモンではなくミルク。ストレートではなく少し甘めが佑星の好みであることを知っていたからだ。

「ああ、悪い。もしかして今は別の飲み方が好きだったか」

何せ圭都の記憶は十三年前で止まっている。だが佑星はかぶりを振って言った。

「今もこれが好きだ。でも、自分で淹れるとなかなか好みの味にはならないんだ。圭都が淹れてくれたミルクティーがあまりにも自分の好みの味だったから、びっくりしたんだ」

嬉しそうに語られて、圭都は俄に自分の頬が熱くなるのを感じた。無意識の行動だったから余計に照れくさかった。

幼い頃に身につけたものはそうそう忘れないのだと思い知らされる。

たかだか紅茶一杯。それを子どものように喜ぶ佑星を眺めながら、圭都は不覚にも胸を高鳴らせた。嬉しい……。昔もよくこんな笑顔を見た。「圭都の作るケーキが一番美味しいよ」そう言って、いつも幸せそうに食べてくれる佑星がいたから今の自分があるのだと、ふいに気づかされた。

食器を洗って乾燥機にかけたところで、佑星に呼ばれた。

「どうした。そろそろ風呂に入る？」

「いや、その前に話があるんだ。座ってくれ」

「？」

片付けたダイニングテーブルに再び向かい合って座る。

佑星が真面目な顔をしてテーブルに封筒を置いた。Ａ４の封筒だが厚みがある。

「何？」

訊ねると佑星が視線で中身を確認するように促してきた。

圭都は封筒を引き寄せる。ずっしりと重い。何が入っているのだろうか。折ってあった封筒の蓋を開ける。

中を覗いてぎょっとした。大金が入っていたからだ。

大量の札束に驚いて慌てて封筒の蓋を閉じた。

「これ、何？　な、ななななんの金？」

動揺して訊ねると、佑星が冷静に答えた。

「圭都に受け取ってもらいたいんだ。それで借金をすべて返済してほしい」

「は？」圭都はわけがわからないと首を横に振った。「なんだよそれ。佑星にそこまでしてもらう義理はない。借金は俺がちゃんと働いて返すから。佑星のおかげで昨日の店の売り上げはすごかったんだよ。通信販売も予約が殺到して、昨日だけで半年先まで予約が埋まったんだ。これなら毎月の返済額も十分確保できるし、心配しなくても大丈夫だから。こんなふうにお金をもらわなくてもきちんとやっていける」

「もらうのではなく俺から借りることにすれば同じだろ。俺はこの金を圭都に貸すから、圭都はまずこれで借金取りから借りている金を完済する。その後、俺に返してくれたらいい」

「いや、でもそれは……」

「俺は利子を取らない。元金だけでいい」

圭都は思わず押し黙った。とても魅力的な話に一瞬心が揺らぐ。佑星が「それに」と続けた。

「あの金貸しはアルファだろ。今後も返済のたびにあの男と接触するリスクを考えたら心配だし、圭都にはこの提案を受けてほしいんだ。もう一人いたアルファの男も気になる。ホテルだとか言っていたあれは、何か弱みでも握られているんじゃないのか？」

佑星の探るような眼差しにぎくりとする。

「圭都の身が危険に晒されるのは嫌なんだ。頼むからこの金を受け取ってくれ」

懇願されて、圭都はひどく困惑した。

「……わかった。このお金、ありがたく受け取らせてもらうよ。何年かかっても絶対に返すから」

圭都が封筒を手もとに引き寄せるのを見て、佑星がほっと安堵したように表情を緩めた。

「部屋のこともそうだけど、なんでこんなに俺によくしてくれるんだよ」

思わず胸に引っかかっていた疑問が口をついた。

目を合わせた佑星が少し考えて言った。

「大切な親友だから、というのは理由にはならないか？」

真摯な問いかけに、圭都は一瞬目を見開いた。大切な親友。その言葉に何か胸がぎゅっと掴まれた思いがした。同時にシンプルな答えがすとんと胸に落ちる。

「……いや、うん。そっか、そうだよな。ありがとう、正直助かる。明日にでも金本さんに連絡してみるよ」

「大丈夫か？　俺も一緒についていこうか」

「そこまではいいって、それに明日も仕事だろ」

圭都は笑って断った。そういえば昔から佑星は圭都に対して少々過保護なところがあった。相変わらずだなと思う反面、心配してくれているのが痛いほど伝わってきて嬉しかった。

「そうだ」と、圭都は言った。夕方にスーパーで買い物をした時から気になっていたことがあったのだ。

「一緒に来なくてもいいから、その代わりに頼みたいことがあるんだけど」

「なんだ？　なんでも言ってくれ」

佑星が身を乗り出して訊いてくる。上手くいく確証はなく、なかなかに言い出しづらい思いつきではあったが、背に腹は変えられない。圭都は恥を忍んでその『お願い』を佑星に打ち明けた。

7

「九十八、九十九、百……と。これで百万の束が六つ——六百万か。端数が三十五万。利子を含めた借金六百三十五万円、完済と」

金本が借用書にどんと『完済済み』の判を押した。

雑居ビルの三階、貸金業者『ゴールデンファイナンス』の事務所である。

室内にはこわもてのスタッフが三人と社長の金本がいた。

金本が「おい」と部下に声をかけると、背の高い男が書類を手渡す。金本がそれをテーブルに滑らせた。

「領収書だ。これで星森くんとの付き合いは終わりだな。もう会えないと思うと寂しいよ」

「……お世話になりました」

圭都は領収書を受け取るとすぐにトートバッグにしまって革張りのソファから立ち上がった。何が寂しいものか。これで金本との縁が切れてこっちは万々歳だ。

「それでは、失礼します」

最後に頭を下げて、金本に背を向ける。

「それにしても、短期間にこれだけの大金をどうやって準備したんだ？」

金本が声高に言った。

「この前、店の外で割り込んできた男——あいつもアルファだろ」

圭都はぎくりとして思わず足を止めた。

「顔は見えなかったが間違いなくアルファだった。この金はその男が用意したんだろ？　星森くん、あの男とできてるのか？　まさか番になったとか言わないよなあ。散々口説いた俺にはちっともなびかなかったのに、あっちにはあっさりと落とされちまったか？」

反射的に振り返った圭都を金本がニヤニヤとした顔で見てきた。

「……そういうことは答える必要はないですよね。お金は全部返済したんだし」

金本が面白くなさそうに言った。「まあ、こっちとしては貸した金を返してもらえば出どころはどうでもいいんだけどな。ちょっと気になっただけだ。プライベートなことを興味本位で訊いて悪かったな」

相変わらずニヤニヤと下卑た笑いを浮かべながら、手首を振ってよこす。圭都はつま先をドアに向けた。歩き出そうとした寸前、「そうそう」と再び金本が引きとめた。

「星森くん、相変わらずマスクをしているが、今日は一度もくしゃみをしなかったな。鼻炎は治ったのか？」

「……おかげさまで、少し改善しました」

「へえ、それはよかった。いつもマスクをして鼻をぐすぐすさせていたからキス一つできなかったもんなあ。それだけが心残りだよ」

ぞわっと背筋を寒けが走った。アレルギーではなく強烈な嫌悪感で肌がブツブツと粟立つのがわかった。キスなんて冗談じゃない。仮にされていたらその場で卒倒していただろう。

ふいに金本がソファから腰を浮かせた。ぎょっとした圭都は「し、失礼します」と口早に言って、逃げるように事務所を出た。

コンクリートの共用階段を駆け降りて急いで外に出る。

空は夕焼けが広がりつつあった。

煙草臭い濁った空気から解放されて、新鮮な空気を思い切り吸い込む。

「圭都!」

どきっと心臓が大きく跳ねた。きょろきょろと辺りを見回すと、向かいの建物の前に佑星の姿を見つけた。決して治安がいいとは言えない繁華街の奥まった路地に、まさか彼が現れるとは思わなくて、圭都は人目を気にしながら急いで駆け寄った。

「なんでこんなところにいるんだよ」

佑星なりに黒っぽい上下で気配を消しているつもりなのだろうが、なにしろこのルックスだ。帽子や眼鏡で顔を隠していても滲み出るオーラはどうしようもない。

佑星が言った。

「何度も電話をしたのに出ないから、何かあったのかと心配になって様子を見に来たんだ」

「電話？」圭都はバッグの中を探る。「あ、本当だ。着信が……二十件⁉　マナーモードにしていたから全然気がつかなかった」

一分置きに入っている着信はすべて佑星のものだ。仕事を終えた足で急いで駆けつけたらしい。余計な心配をかけて申し訳なかった。

「お金はちゃんと返してきたよ。ほら、これが領収書」

見せると、佑星は書面を慎重に確認したのち「無事でよかった」と安堵の息をついた。

家路を急ぐ他人に興味がなさそうな人の群れと薄暗さも幸いして、誰もそこに立っているのが佑星だと気づく者はいない。圭都は佑星を促して歩き出した。

「そうだ、こっちも助かったよ」

おもむろにマスクを外す。不織布マスクと口もとの間には折り畳んだハンカチが挟んであった。

佑星が言った。「役に立ったか」

圭都は頷く。「うん、効果絶大だった」

このハンカチは佑星に頼んで貸してもらったものだ。しかもただのハンカチではなく、佑星と一晩一緒に寝て彼のにおいを染み込ませたものである。

スーパーでアルファの客と接近した時にひょっとしたらと思ったのだ。アレルギーの症状が出ても、佑星のにおいを嗅いだら嘘のように治まった。だとしたら逆に、佑星のにおいを嗅いでいる状態なら、アルファと接触しても大丈夫なのではないか。

そういうわけで、先ほど圭都はたっぷりと佑星のにおいが染みついたハンカチを鼻と口に当てて、金本に挑んだのである。

予想は的中し、アルファの金本と間近に対峙しても見事にくしゃみ一つ出なかった。

これは画期的なアレルギー対策になるかもしれない。とはいえ、時間が経てばにおいは消えるし、効果は一時的でしかないのだが。

それでも、とても希望が持てる実験結果になった。借金も完済し、金本との関係が切れた今、心は晴れ晴れしている。

「よかったな」佑星が言った。「これで心配事が一つ減った」

「うん。佑星には本当に感謝している。ありがとう」

礼を言うと、隣を歩く佑星が嬉しそうに微笑んだ。オレンジ色に染まった優しい笑顔に、ふいに胸が高鳴った。激しい動悸に圭都はわけもわからず息をのむ。

「どうした？」

佑星が不思議そうに首を傾げた。すぐさま我に返った圭都はなんでもないと首を横に振った。

「このハンカチ、俺の唾液でべとべとだ。これって大事なもの？」

「いや、適当に買った」

「だったら、俺がもらってもいいかな。アレルギー対策専用ハンカチってことで。今度、別に新しいのを買って返すから」

佑星が一瞬目を見開いた。「それは別に構わないが」

「助かる、ありがとう」

「必要があればいつでも言ってくれ。ハンカチと一緒に寝るから」

真顔で返されて、圭都はプッと噴き出した。

「うん、よろしく。あーあ、それにしても俺の体って――」

言いかけて、寸前で続けようとした言葉をのみ込んだ。佑星がこちらを見やる。圭都は慌てて
「本当にポンコツだよな」と笑って付け加えた。佑星がやわらかく笑み、「そんなことないだろ」

と言う。「解決策が見つかってよかったじゃないか」

それが問題なのだと、圭都は心の中で呟いた。

あーあ、俺の体って佑星がいないと生きていけないな……。

うっかりそんなことを口走りそうになったものだから、急いで思いとどまったのだ。


佑星との同居生活も一週間を越えた。

初日こそ圭都の体は慣れない佑星との接触で異変を訴えたものの、その後は何事もなく穏やかに過ごしている。念のために抑制剤はきちんと服用しており、佑星の傍にいても特に何も困ったことは起きていない。どうやらあれは突発的なものだったようだ。

佑星が勝手に高価な家具でコーディネートした圭都の部屋は、多少もめたものの、返品するわけにもいかずありがたく使わせてもらうことにした。アパートで使っていた煎餅布団から一気に高級ベッドにグレードアップして、おかげで毎晩ぐっすりと快適な睡眠を取ることができている。一日の疲労の取れ方も違い、今まで感じていた体のだるさが嘘のように解消された。

一方の佑星の怪我も順調に回復している。まだギプスで固定をしているものの、もう腫れはすっかり引いたようだ。油断は禁物なので仕事中も左手は極力動かさないように気をつけているそうだが、やはりどうしたって白いギプスは人の目につく。佑星が手指の骨にヒビが入る怪我をしたことがすでにネットニュースになっていた。仕事中の怪我ではないことを事務所が公表しているので大騒ぎにはならなかったものの、ファンからの心配する声が続々と上がっている。

「本人が何一つ本当のことを話していないのに、勝手に憶測でこんな記事になっちゃうんすね。芸能人って大変だな」

スマホの画面を眺めながら文哉が同情の声を漏らした。

店内の商品が早々と売り切れたので、今日も早めに店じまいをしたところである。

佑星効果で〈クレフ〉は連日大盛況だ。

開店前から店の外には行列ができ、開店と同時に看板商品のフィナンシェを中心に商品が飛ぶように売れていく。昼過ぎにはほぼ売り切れ状態だった。

赤字続きだった店が一転して人気店になった現実がまだ夢のようだ。

それでも一日の売り上げが数字になって出ると、じわじわと実感が湧き、同時に心の底から安堵した。

文哉にはきちんと話していなかったが、店を畳むかどうかの選択は常に頭にあって、本当にギリギリのところまで追い詰められていたのだ。それがなんとか持ち直して、店の家賃も文哉の給料も支払うことができる。今までになく忙しい毎日だが、全身に重く伸しかかっていたストレスとプレッシャーがこの一週間でだいぶ減ったように思う。特に金本への借金がなくなったことは大きかった。

それもこれも佑星のおかげだ。

「おっ、店長見てくださいよ。梶浦さんの怪我の続報。恋人との喧嘩が原因じゃないかって。店長、いつの間にか梶浦さんの恋人になってますよ」

文哉がニヤニヤしながら冗談めかした。

「恋人じゃないし、怪我は喧嘩とまったく関係ない。どこから出てくるんだよ、その意味のわからない誤情報」

圭都は嘆息する。ネットには佑星に関する憶測記事が溢れていて、どれも呆れて読む気にすらならないものばかりだった。だが、それを真実と信じ込んでしまう人も中にはいるわけで、世間が作り上げたイメージや噂に振り回されっぱなしの芸能人は、相当メンタルが強くなければやっていけないに違いない。

佑星も日々大きなストレスに晒されて戦っているのだろう。

仕込みを終えたら早めに上がれそうだし、夕飯は佑星の好きなものを作ってやろう。時間があればチーズケーキも焼こうか……。

そんなことをぼんやり考えていると、文哉がスマホをいじりながら言った。

「梶浦さんって恋人はいないんすかね。これだけ有名人なのに、意外と素性は知られてないんすよねえ。公式プロフィールも生年月日と身長体重以外はほとんど明かしてないし、プライベートも謎が多くてミステリアスだって言われてますね」

こんなのありますよと、文哉がネットのまとめサイトを見せてくる。そこには過去に佑星と噂があった有名人の名前がずらっと並べてあった。『佑星様の番候補オメガ特集』なんてものまであって、悪趣味なことこの上ない。

「ファンとしては梶浦さんに幸せになってもらいたいなあ。相手がどんな人でも梶浦さんが選んだなら全力で応援しますけどね。店長、一緒に住んでいるんだから、ちょっとはそういう情報を仕入れてないんですか？」

話を振られて圭都は首を捻った。「さあ、そういう話はしないし」

「まあ、店長自身が寂しい独り身ですもんね。梶浦さんも気を使ってデリケートな話は振れないのかもなあ」

「悪かったな、寂しい独り身で」

「うそうそ、拗ねないでくださいよ。だって店長、別に恋人がいなくたって平気なタイプでしょ。梶浦さんも案外そういうタイプかもしれないっすね。なんせ二人で青春のやり直しごっこをしているんだから」

耳慣れない揶揄い交じりの言葉に圭都はきょとんとした。

「なんだそれ？」

「三日前に病院帰りの梶浦さんがここに店長を迎えに来たじゃないですか。その時に聞いたんすよ。梶浦さんって、店長と離れ離れになってからいろいろとあって、十代後半の記憶があまりないらしいんすよね。嫌な記憶しかない青春時代を店長と二人でもう一度やり直している気分だって、喜んでましたよ」

「……そうなんだ？」

思わぬ佑星の本音を聞かされてびっくりした。だが嬉しい。

圭都も今では佑星に再会できて感謝している部分が大きい。他愛もない話で盛り上がったり、買い物がてらぶらぶらと散歩したり。一人では味気なかった食事も二人だと思いのほか楽しいし、一緒に映画やドラマを見たり、好きな俳優の話題で言い合いになったり。青春時代のやり直しとは、よく言ったものだ。確かに圭都も佑星と一緒にいると学生時代に戻ったみたいに気分が高揚する。

「店長も最近はなんだかウキウキしてますよね。毎日楽しそうに帰っていくじゃないですか」

文哉に頭の中を見透かされた気がして、圭都は慌ててうそぶいた。「そ、そんなことないだろ。別に普通だよ」

「いやいや、ちょっと前までの店長はいつも難しい顔をして雰囲気暗かったっすよ。生気が今にも抜けそうだなって時もあったし」

「……そんなに俺ひどかったか？」

さすがに落ち込んだが、思い当たるふしはあった。確かに金の心配ばかりしていた時期があったからだ。

「こんなことを言ったら不謹慎ですけど、アパートの水漏れ事故で強制退去になってよかったんじゃないっすかね。いいじゃないっすか、青春のやり直し。俺たちの知らない梶浦佑星を店長は知っているわけでしょ。梶浦さんも店長の前ではリラックスできるんだと思うな。毎日、顔も知らないどこの誰だかわからない人たちから勝手にあれこれ難癖つけられてたら、メンタルまいっちゃいますもんね」

文哉がスマホの画面をスクロールしながら、「うわ、許婚説まである。今どき絶対こんなの嘘でしょ」と心底気の毒そうに言った。

いや、それは本当。圭都は心の中で訂正する。

それにしても許婚の話はまだ佑星が芸能界に入る以前のことなのに、どこから漏れたのだろう。

世間に出回っているゴシップの中に確証のある記事がどれほどあるか知らないが、許可なくこそこそと自分の過去を探る者がいるのは相当なストレスだ。文哉ではないが圭都も佑星に同情せざるを得なかった。

実際にはもう何年も前に許婚の話は破談になっている。今の佑星は自由恋愛の身だ。

「そういえば、恋人がいるかどうかの話は聞いたことがなかったな」

ふいに脳裏に佑星が誰だか知らない美女と仲睦《むつ》まじく腕を組んで歩いている様子が思い浮かんだ。

次の瞬間、心臓に微かな疼痛が走った。トゲが刺さったみたいにちくちくと胸が痛む。

「？」

それがなんの痛みなのかさっぱりわからなくて、圭都は胸を押さえながら首を傾げた。


〈クレフ〉にテレビ番組の取材オファーが来たのは、その翌日のことだった。

来月公開予定の映画のプロモーションで佑星がゲスト出演するバラエティー番組内で、佑星のお気に入りの店として紹介したいという趣旨の内容だった。

佑星からは事前に話を聞いていたので、圭都は二つ返事で引き受けた。

収録当日は定休日だった。朝から番組の取材クルーがやって来て、圭都と文哉はスタッフから撮影の説明を受けているところである。

ふいに厨房に人影が見えた気がした。

おかしい、誰もいないはずなのに――圭都は不思議に思い、スタッフへの商品説明を文哉に任せて厨房に向かう。

中に入った途端、横から伸びてきた手に口もとを覆われた。

驚いて咄嗟に腕を振り払おうとしたその時、耳もとで「俺だ」と声が囁く。佑星だった。

口もとから手が離れ、圭都は驚いて訊ねた。

「なんでお前がここにいるの？　仕事は？」

「雑誌の取材が入っていたが機材の関係で午後からに変更になったんだ」

佑星が答える。圭都は慌ててきょろきょろと販売フロアの方を窺った。

「佑星がここに来ることをみんな知ってるの？」

「いや、知らない。ばれたら面倒だから黙っておいてくれ」

「じゃあ、なんで来たんだよ」

「もちろん圭都のテレビ初出演の瞬間を生で見るためだよ。昨日から緊張してそわそわしっぱなしだっただろ。朝も上の空だったし。心配で居ても立ってもいられなくて」

圭都は羞恥に頬を熱くした。

「そりゃ、素人だから緊張するに決まってるだろ。見られることに慣れているお前とは違うんだよ。テレビカメラを向けられたら緊張で目が泳ぎそうで――クシュンッ」

ふいにくしゃみが出た。急に鼻がむずむずし出し、その後もくしゃみが立て続けに出る。覚えのある感覚に圭都は青褪めた。

「圭都？」

「まずい、アレルギーだ。おかしいな、さっきまでなんともなかったのに……クシュンッ」

「アルファがいるのか？」

佑星が隠れるようにして厨房からフロアの様子を確認する。

「スタッフか？　いやでも、さっきとメンツは変わってないように見えるが——あ」

何かを見つけた佑星がひそめた声を上げた。

「伊集院《いじゅういん》流河《るか》がいる」

「ハックションッ……誰だそれ」

ずずっとはなを啜りながら訊ねると、佑星が「若手アイドルだよ」と教えてくれた。

昨年デビューしたばかりの男性アイドルグループで、メンバーは全員アルファという圭都にとっては拒絶反応しかない六人組だ。

その中の一人が今日の収録に参加するらしい。

「そういえば、スタッフの人がそんなようなことを言っていた気がする。アルファだったのか」

圭都は無意識に佑星の背中に隠れるようにしてくっついた。ジャケットの裾を軽く引っ張って広い背中に鼻先をちょんと押しつける。

それだけでむずむずしていた鼻がすっと楽になった。くしゃみも止まってほっとする。

一瞬ピクッと長躯を緊張させた佑星が首だけ振り返り見下ろしてきた。

目が合って、圭都は急いで離れる。

「あ、悪い。ついにおいを嗅いじゃって」

「……いや、別に構わないが」

佑星が照れたように圭都から視線を逸らした。

しかし、困った。アルファがいるとは思わなかったからハンカチを用意していない。マスクは店に常備してあるが、収録中はマスクを外してくれと言われるかもしれない。

「どうしよう。くしゃみをこらえきる自信がない」

思案顔をした佑星がふと思いついたように言った。

「おそらく俺のにおいというよりは、俺のフェロモンがアルファアレルギーの症状を緩和させるのに有効なのだと思う。だとしたら、圭都が体内に俺のフェロモンを取り込めばハンカチと同等の効果が見込めるんじゃないか」

「？　どういうこと？」

首を傾げると、体ごと振り返った佑星が圭都に向き合った。

「試してみてもいいか」

「うん……？」

思わず頷くと、なぜか佑星が圭都の腰に腕を回してきた。引き寄せられたかと思った次の瞬間、佑星の端整な顔が近づき、唇を塞がれる。

「……っ、んんっ」

突然のくちづけに思考が完全に固まった。その隙に佑星の舌が圭都の歯列を割り、口腔に侵入してくる。反射で引っ込めた舌を強引に搦め捕られた。

たちまちどっと熱の奔流が体内に流れ込んでくる感覚があった。体の奥が強く疼き、ヒートに似た症状を起こす。体が火照って力が入らない。口内を縦横無尽に動き回る舌に翻弄される。そのぞくぞくする感覚が気持ちよすぎて、もっとほしくてたまらなくなる。

「ん……ふっ、ん、んぅ……っ」

気づくと圭都は佑星のなすがままになっていた。自ら舌を差し出し、拙い動きながら夢中で絡め合う。佑星のくちづけはますます深くなり、我を忘れて貪り合う。

どれだけの間そうしていただろう。「店長！」と、文哉が呼ぶ声が厨房まで響き渡った。

「！」

びくっと互いの体が震えるのがわかった。

瞬時に我に返った圭都は咄嗟に佑星を突き飛ばした。よろめいた佑星も明らかに狼狽している。

「店長？」

再び文哉の声がして、圭都は急いで声を張った。「は、はい！　すぐに行きます」

慌てて濡れた唇を手の甲で拭う。佑星の方を見ることはできなかった。何が起きたのか自分でもよくわからない。思考が浮つき、どういう顔をしていいのかわからず焦る。

圭都は熱を帯びて腫れぼったくなった唇を何度も擦りながら逃げるようにしてフロアに戻った。


結果として、収録は無事に終了した。

アルファの伊集院とやりとりをする場面でも圭都はなんとか自分の仕事をやりとげた。もちろんマスクもハンカチもつけずにだ。佑星が咄嗟に機転をきかせたおかげで、アレルギーの症状は一切出ることなく、予定通りの収録を終えることができたのだった。

だが、ずっと唇の熱は残ったままだ。

収録を終えて撮影クルーが撤収した後、途端に圭都の心臓は早鐘を打ち始めた。

佑星は厨房からこっそり圭都を見守っていたはずだ。

まだそこにいるに違いない。

文哉は外に出て、テレビの撮影が来ていることを聞きつけて様子を見に来ていた近所の人たちと話をしている。

気まずさと気恥ずかしさがない交ぜになった感情を抱えて、圭都は厨房に向かった。

厨房では佑星が待っていた。

「どうだった？　平気そうだったが、症状は出なかったか？」

いつもの様子で訊いてくる。あれ……？　思ったよりも佑星が普通で、フロアから厨房までどぎまぎしながら移動した圭都は肩透かしを食らった気分だった。

「うん、大丈夫だったよ。あんな対処法があったなんてな。ちょっとびっくりしたけど」

必死に平静を装って答えると、佑星が「そうか、よかった」と微笑む。

「実験成功だな」

嬉々とした声に、圭都はふと既視感を覚えた。

その言葉を昔もよく耳にした気がする。圭都は、自分が考えたレシピを実際に作って美味しいかどうか試してみることを『実験』と言っていた。佑星はいつもその実験に付き合ってくれる味見役だった。

――うん、このケーキも美味しいよ。実験成功だな。

なるほど。佑星にとってはさっきのキスもケーキ作りと一緒で、圭都に協力するためにしただけにすぎない。

実際、緊急事態だったのだ。もし佑星の思いつきでキスをしていなかったら、もしかしたら今日の取材に圭都は参加できなかったかもしれない。突然の体調不良でキャンセルをしたら、番組スタッフや文哉にも迷惑をかけただろう。店を番組に紹介してくれた佑星の立場も悪くなったに違いない。フランスにいた頃のように、アレルギーのせいでやりたいことを諦めなければいけないのはもう嫌だった。そういう意味で圭都は佑星のキスに救われた。

「ありがとう、本当に助かったよ」

「確証はなかったが、これでにおい以外でもいけることが証明されたな。探せばまだ他にもアレルギーを回避する方法はあるかもしれないぞ」

佑星が珍しく高揚した口調で言う。その様子からもあのキスが圭都を助けるためだけの行為にすぎず、他意は一切ないと伝わってくる。ところがなぜか圭都は複雑な気分だった。

いや、そこは納得するところだろう。

自分で自分に言い聞かせる。だのに、なんだろうこの気持ちは。佑星には心から感謝しているのに、しかしその気持ちと反比例するように、胸の中にもやもやとしたものが広がっていくのを圭都は止められなかった。

8

いつものように仕事終わりにスーパーに寄って帰宅したところだった。

マンションのエントランスの前に若い男性がうろうろとしているのが目にとまった。

スマホを手に持ち、エントランスから中を覗き込むように首を伸ばしていて、見るからに怪しい。何者だろうか。

圭都は訝しみながら速度を落として歩く。

ちなみに圭都は佑星が常駐のコンシェルジュに話を通してくれているので、すでに顔パスだ。

目の前を行ったり来たりしている青年は、パーカにコーチジャケットを羽織った学生っぽい服装で、二十歳そこそこに見える。マンションの住人に知り合いがいるのだろうか。

ゆっくり歩いたがすぐにエントランスに着いてしまった。今ここで圭都がドアを開錠すると、彼まで一緒に入ってきてしまうのではないか。どうしようかなと警戒しつつちらっと青年の方を見る。

するとこちらを見ていた彼と目が合った。

「……あれ？」

圭都は思わず青年を凝視してしまった。人懐っこそうな愛嬌のある顔立ちに左目もとの泣きぼくろ。それより少し大きめのほくろが右顎にもある。

圭都の頭に閃くものがあった。

「もしかして、惟月？」

びくっとした青年が目を大きく瞠った。背中の毛を逆立てた犬のように瞬時に警戒心をはね上げて、じっとこちらを睨みつけてくる。

ふいに、眉間に寄せていた皺がふっと消えた。

「――あ、ケーキのケイちゃん？」

圭都は大仰に頷いた。

「そうそう、ケーキのケイちゃん！　懐かしいな、その呼び方」

自然と頬が緩むのが自分でもわかった。一色惟月――今は梶浦姓だろうか。佑星の実弟である。

惟月も思わぬ再会に喜びを隠せないといったふうにぱあっと笑顔になった。「すごい、本当にケイちゃんだ。大人になってる。ケイちゃん、久しぶり！」

「久しぶり。そりゃ大人にもなるよ、あのちっちゃい惟月がこんなに大きくなってるんだから。今大学四年生だっけ？」

線は細めだが身長は圭都とそう変わらない。記憶の中にいる惟月はまだ小学生で小柄な男の子だったから、その成長ぶりに驚かされる。だが面影は残っていて、にこにこと屈託なく笑う顔は、当時圭都が作ったケーキを前にして目をキラキラさせて喜んでいた彼を思い出した。

「うん。三月に卒業予定だよ。ケイちゃんは？　なんでここにいるの？」

圭都は一瞬どう答えればいいのか迷った。

「実は今、わけあって佑星の家に同居させてもらっているんだよね」

「そうなの？」惟月が初耳だとばかりに目をぱちくりとさせた。「えー、兄貴からなんにも聞いてない。今もケイちゃんと会っているなら教えてくれたらいいのに」

「いや、俺も佑星と再会したのは本当に最近のことだから。でも惟月の話は聞いてるよ。就職決まったんだって？　おめでとう」

「ありがとう。ケイちゃんは、今何してるの？」

「俺はケーキ屋さん」

「えっ、マジで？」惟月が声を上げた。「本当にケーキ屋さんになったんだ。俺、ケイちゃんの作ったケーキを食べて育ったもん。お店どこ？　えー、兄貴は知ってるんでしょ？　なんで教えてくれないかなあ」

惟月が拗ねたように唇を尖らせる。この表情もよく見たものだ。六つ年下の親友の弟を圭都も実の弟のようにかわいがっていた。昔は「兄ちゃん」と呼んでいたのに、佑星を「兄貴」と呼ぶ惟月が新鮮で、時の流れをしみじみと感じる。

ふと視線を感じた。見るとエントランスのガラスドアからコンシェルジュが不審げにこちらを窺っていた。

「惟月、佑星に会いに来たんだろ？」

「うん。手を怪我したってネットニュースで知ってさ。兄貴に電話したら、大丈夫だから心配するなって言われたんだけど、母さんがかなり心配していてさ。用事があってたまたま近くまで来たから様子を見に来たんだよ。でもさっきまで電話で話していたんだけど、急につながらなくなっちゃって」

「ああ、たぶん今は病院だと思う。診察中じゃないかな。とりあえず中に入ろうか。ずっとここで立ち話していると怪しまれるし」

惟月もコンシェルジュの目に気づいたようだ。一緒にエントランスに入り、圭都は顔見知りのコンシェルジュに挨拶をした。惟月を佑星の弟だと紹介する。

コンシェルジュは微笑み「ああ、そうでしたか。失礼いたしました」と一礼した。

エレベーターで最上階まで上がり家に入る。

「うわ、広っ」

惟月が物珍しげに周囲を見回し出した。

「ここに来たのは初めて？」

「うん。兄貴から住所は聞いていたけど、来る機会なかったから」

「そっか。惟月、夕飯を作るから、もしよかったら一緒に食べていかない？」

「え、いいの？」

惟月が嬉々として言った。「やった。俺も手伝うよ」

今日のメニューはビーフシチューだ。野菜を切りながら、惟月が言った。

「水漏れでアパートを出なきゃいけないなんて災難だったね。よかったじゃん、その前に兄貴と再会していて」

「うん、まあ……そうだな。一から物件探しするのも大変だし、お金ないし。いろいろ助かってるよ」

「この家これだけ広いんだから、兄貴も一人で持て余してたんじゃない？　手を怪我してるし、ケイちゃんがいてくれてよかったよ。本人も絶対そう思ってるって」

その怪我自体が圭都がいなければしなくて済んだものなのだが。

具材を炒めた鍋に水を入れて煮込む。慎重に灰汁《あく》を取りながら惟月がぽつりと言った。

「今も兄貴とケイちゃんが一緒にいてちょっと安心した」

「え？」

サラダ用のレタスをちぎっていた圭都は手を止めて隣を見やる。

「ケイちゃんちの隣からじいさんの家に引っ越した後、兄貴は別人みたいになっちゃったから。全然笑わないし、俺や父さんや母さんとは話すけど、他の人とはほとんど喋らなかった。たぶん学校でもそうだったんだと思う。壁を作って、誰も内側に入れないって感じの孤高の人？　兄貴、あの見た目だから家にまで女の子が押しかけてきたりしてたんだけど、バッサリ振るところを見たことがあるんだよね。すっごく怖かったもん。ケイちゃんと一緒にいた頃は、毎日楽しそうに笑っていたのになあ。俺にも、圭都が圭都がっていつもケイちゃんの話ばっかりしていてさ」

本人からも当時の話は聞いていたが、その頃の佑星がどんな様子だったのかを想像してみる。

惟月はまだ小学生だったのでピンとこないことも多かったかもしれないが、偉大な祖父に気を使って暮らす生活に、佑星が心を閉ざしてしまうのもわかる気がした。特にアルファの佑星は祖父から多大なプレッシャーをかけられていたに違いない。アルファでありながら上に立つことに向いていなかった実の息子よりも孫の佑星に期待していたようだし、一色家の跡継ぎとしてあちこちに連れ回されて休む暇もなかったと言っていた。

「兄貴には悪いけど、俺はベータに生まれてよかったって幼心に思ったんだよね。でもその分、兄貴が全部背負ってくれていたんだけど」

惟月の言葉に、圭都はなんとも言えない気持ちになった。

「父さんが亡くなって、一色の家を出てから、突然兄貴が芸能界デビューをするって言い出した時はびっくりした。だけどそれも全部俺たちのためだったんだって、後になって気がついた。兄貴はいつも家族のために動いてくれていて、自分のことは後回しで我慢もいっぱいしてきたんだろうな」

「……意地もあったんだと思う。一色家の世話にならなくても、亡くなったおじさんの代わりに自分の力で家族を幸せにしてみせるって、お祖父さんに示したかったんじゃないかな。佑星はさ、惟月の就職が決まったことや、おばさんが趣味で絵画教室に通い始めたことを嬉しそうに話していたよ」

惟月が俯き、「そっか」と言った。

「俺も春からは社会人だし、ここから先は兄貴には自分の幸せを優先してほしいんだけどな」

ぼそぼそっと続けられた言葉に、圭都は目を丸くした。たまらず惟月の頭をくしゃくしゃと撫で回した。

「いい弟に育ったなあ」

「ちょっと、やめてよケイちゃん。いつまでもガキ扱いすんなよな」

「仕方ないだろ。惟月は俺にとってもかわいいかわいい弟なんだから」

嫌がる惟月をよしよしと抱きしめていると、「何をしているんだ」と声が割り込んできた。

いつ帰ってきたのか、佑星がそこにいてこちらを睨みつけていた。

「佑星、おかえり」圭都は惟月の肩を抱きながら言った。「マンションの下でちょうど惟月と会ってさ。佑星に会いに来たって言うから……」

佑星が無言でキッチンに入ってくる。圭都の手を掴むとやんわりと惟月の肩から外した。

「……っ」ふいに佑星が顔を顰める。

「あ、まだ左手を使うなって言われているだろ。どこかに当たったたか？　痛む？」

「ちょっと捻っただけだ。なんともない」

「もう気をつけろよ。せっかく治りかけているのに悪化したらどうするんだよ」

圭都は佑星の左手を新しく巻き直してある包帯の上から優しく撫でてやる。

ふいに視線を感じて顔を上げると、一歩引いた場所から惟月がじっと二人を見ていた。

「……なんかものすごいデジャブ」

「え？」

惟月が目を半分に細めて言った。「昔もよくこういうことがあったなあって。俺とケイちゃんがじゃれていると、兄貴が割り込んでくるの」

「ああ、そういえば」圭都も思い出して笑った。「惟月がかわいいから取り合いしてたんだよな。こいつ、惟月が俺に懐いているからヤキモチ焼いちゃってさ。なあ」

「…………」

「いやあ？　取り合っていたのは俺じゃなくて、どっちかというと……」

「惟月」佑星が惟月の言葉を遮るように言った。「鍋がボコボコと煮立っているぞ」

「え？　あっ、本当だ。ケイちゃん、これ大丈夫なの？」

「それでいいよ、煮込んでいるんだから。そろそろ火を止めてルーを入れようか。もうすぐ出来上がるから佑星は着替えてこいよ」

「わかった」と、頷いた佑星が擦れ違いざまに惟月の額を指先で弾いた。「いてっ」と惟月が額を押さえる。佑星がにやっと笑い、床に投げていた荷物を拾って自分の部屋に向かった。

ドアが閉まった後、惟月がくすくすと笑い出した。

「どうした？」

「いや、久しぶりにあっちの兄貴を見た気がする」

「あっちの？」

「昔のって意味。俺が好きな方」

「？」

惟月の言っている意味がよくわからなかったが、兄弟仲は相変わらず良さそうで安心した。

シチューを器に装ってテーブルに並べる。サラダとチーズオムレツと、そして白米。

惟月がウキウキして言った。

「やっぱりビーフシチューにはお米だよね。一色の家ではビーフシチューに添えるのは必ずパンでさ。慣れないっていうか、小さい頃から俺は米で育ってきたから」

圭都も頷く。

「パン派と米派で分かれるよな。うちはシチューには米だったから、パンっていう発想自体が最初からない」

「俺たちも星森家の味で育ったから米派だな。父さんはビーフシチューとパンで育ったんだろうけど、俺たちがごはんがいいと言ったら、そこからうちも白米に変わったんだ」

佑星の言葉にスプーンを手に取った惟月が初耳だと目を瞬かせた。

「へえ、そうだったんだ？　俺はもう最初からごはんの記憶しかないけど。うわ、ビーフシチュー美味しい！　懐かしい味だ。おばさんのビーフシチューと同じ味がする」

「それ、ロールキャベツ作った時の佑星と同じ反応。やっぱり兄弟だな」

圭都は声を上げて笑った。佑星と惟月が顔を見合わせる。顔立ちはあまり似ていないが、それ以外でよく似ている二人である。スプーンの柄を短めに持つところも、口に運ぶ仕草もそっくりで、シチューとごはんの減り方まで同じだった。

昔話で盛り上がり、いつもより一層賑やかな食事になった。

そろそろ帰ると言い出した惟月を腹ごなしに二人で駅まで送ることにして、エントランスに下りた時だった。

「あ、もらったお菓子の袋を忘れた」

唐突に惟月が言い出した。圭都が試作品として作った焼き菓子を詰めて渡したものだ。取りに戻ろうとする惟月を佑星が制して、「俺が取ってくるから先に二人で駅に向かっていろ」と、一人エレベーターに引き返す。

圭都と惟月はエントランスを出て歩き始めた。もうすっかり夜の帳が下りている。

「今日はすっごく楽しかった」と、惟月が言った。

「うん、俺も。惟月に会えて嬉しかったよ」

「兄貴もメッチャ楽しそうだったな。あんなに笑っている兄貴を見たのは何年ぶりだろ。たぶんケイちゃんと離れてからだから、十三年ぶりだね」

惟月が思い出し笑いなんてものをしてみせる。

「ケイちゃんと兄貴もつい最近になって再会したんでしょ？　全然そんな感じじゃなかったよね。ずっと一緒にいたんじゃないかってくらい二人の空気感が昔のままで、なんか見ていて嬉しかった。さっきも話したけど、本当に兄貴は人が変わったみたいに心を閉ざしていた時期があったから。実は俺さ、じいさんちに引っ越した後に、『ケイちゃんにはもう会えないの？』って兄貴に訊いたことがあったんだよね」

圭都は歩きながら隣を見た。

「そうしたら、怖い顔をした兄貴にもうケイちゃんの名前は出すなって怒られて。その時は、兄貴はもうケイちゃんのことを嫌いになったんだって悲しくなったんだけど、後になって考えると、あの頃の兄貴はじいさんに交友関係にまでいちいち口出しされていたから、ケイちゃんのことが知られたらケイちゃんにも迷惑がかかるって考えたんだと思う。アルバムとかもじいさんに見つからないように全部処分してたから」

「……そうだったのか」

想像もしなかった話に圭都は俄に動揺した。当時、佑星が引っ越してすぐの頃、何度か携帯電話に佑星からメールが届いていた。だがそれも、しばらく未読のまま放置していたらいつの間にか途絶えた。どうせもう圭都のことなど忘れて新しい場所で新しい友人と楽しくやっているのだろう。そんなふうに思っていたくらいだ。

しかし、当時の佑星がとった行動の理由は、圭都が考えていたものとはまったく別だったのだと今になって知る。佑星は圭都のことをどうでもいいだなんて思っていなかった。むしろ何をするかわからない祖父から圭都を守ってくれていたのだ。

アルバムすら処分しなければならないとは、それだけ一色家が一般的な感覚からかけ離れた異常な環境だったのだと思い知らされる。

「ケイちゃん、松宮《まつみや》のお嬢様って知ってる？」

惟月が唐突に問うた。圭都はすぐに思い当たる。

「松宮って、佑星の許婚だった……？　でも許婚は十年前に解消したって聞いたけど」

「ああ、そこまで知ってるんだ。だったらいいか」と、惟月が笑って頷く。

「一色家に引っ越してから兄貴が笑わなくなったって話したけど、実は一人だけ兄貴が心を許していた相手がいてさ。それが松宮のお嬢様——志乃《しの》さんだったんだよね」

圭都はどくんと自分の心臓が跳ねる音を聞いた気がした。

「一色の家にも何度か遊びに来ていて、許婚だから兄貴が相手をしていたんだけど、志乃さんと二人でいる時の兄貴は楽しそうに笑っていて、すごくいい雰囲気だったんだよ。それは俺もすごくよく覚えている。俺も兄貴が笑っているのは嬉しかったから、志乃さんと結婚したら兄ちゃんはずっと笑っていられるんだって思ったんだけどさ。まあいろいろあって、じいさんの一声で即破談。志乃さんは俺たちの従兄弟の許婚になっちゃった。あの人たちに振り回される志乃さんも気の毒だよね」

惟月が溜め息をついた。一瞬の沈黙を挟み、圭都は訊ねた。

「そ、その志乃さんのことを、佑星は好きだったのかな？」

「うーん、たぶんそうだったんだと思う。志乃さんも少なからず兄貴のことを気に入っていただろうし」

ふいにズキッと心臓に疼痛が走った。

惟月が記憶を探るように話を続けた。

「四年前、俺が大学に受かったお祝いに、海外に拠点を移したばかりの兄貴がわざわざ一時帰国して母さんと俺を高級旅館に連れていってくれたんだけど、珍しくお酒を飲んで酔っ払っている兄貴に俺訊いたんだよね。なんか当時から熱愛の噂がいっぱいあったから、どれが本当なのって」

圭都は反射的に唾を飲み込んだ。弟の惟月にしか訊けない話題だ。

「そうしたら、どれも本当じゃない、全部嘘だって言っていた。その時にさ、兄貴は酒が入っていて覚えていないだろうけど、ずっと忘れられない人がいるんだって話してたんだよね」

「……それが、志乃さん？」

「だと俺は思っている」惟月が頷いた。「実は、さっき兄貴の部屋を覗かせてもらった時に見ちゃってさ。机に花模様の封筒が置いてあるの。あれ、差出人が志乃さんだった」

圭都の頭に閃くものがあった。花模様の封筒なら圭都も見覚えがある。

昨日、郵便物を取りに集合ポストに寄ったら、たまたま帰宅した佑星と一緒になったのだ。圭都が郵便物を確認しようとすると、先に佑星がすっと花模様の封筒だけを引き抜いたのでなんだろうと気になっていた。

「兄貴と志乃さん、まだ連絡を取り合っていたとは思わなかった。大学のゼミの先輩が志乃さんと同じ高校の同級生で、去年同窓会に出席した時に志乃さんの婚約が破談になったって話を聞いたらしいんだよね。一色と縁を切ってから全然情報が入ってこないんだけど、もしそれが本当なら兄貴と志乃さんの間にはもう何も障害はないんじゃないのって思っちゃったんだよ。まあ、今は兄貴の方が有名すぎて別の問題があるのかもしれないけど。でも、兄貴には今度こそ幸せになってほしいからさ。もし二人がそういう関係なら応援したくて。ケイちゃん、何か兄貴から聞いてない？」

いきなり水を向けられて、圭都は狼狽えた。

「い、いや、俺は何も聞いてないかな……」

「そっか。まあ兄貴も本命との恋愛はさすがに慎重になるか。周りに変な噂を立てられたらまた壊されるかもしれないもんな。もし俺にできることがあったらなんでもするつもりだし、ケイちゃんも兄貴の恋に協力してよ」

「え」圭都は咄嗟に息をのんだ。顔が引き攣るのが自分でもわかる。「あ、えっと……」

その時、「圭都、惟月」と背後から佑星の声が聞こえた。びくっとして振り返る。

暗がりでも目立つ長身が手を振って駆け寄ってきた。「悪い、ちょうど宅配便で荷物が届いて対応していたら遅くなった」手に持った袋を惟月に渡す。

「ありがとう。もうここでいいよ。信号を渡ったらすぐ駅だし、この先は人が多くなるから。二人とも今日はどうもありがとう。ご馳走さまでした。また連絡するね。あ、青になった。じゃあ、俺行くね」

「気をつけて帰れよ。母さんによろしく。怪我は心配しなくても大丈夫だからって伝えておいてくれ」

「わかった。じゃあね、バイバイ」

手を振って、惟月は走り出す。横断歩道を渡り終えた向こう側からまた手を振り、人混みの中に紛れていった。

「俺たちも帰るか。圭都?」

はっと我に返ると、目の前に佑星の顔が広がってぎょっとした。

「どうした」

「え?」圭都は思わず視線を逸らした。「ううん、なんでもない。えっと、なんだっけ?」

「いや、帰ろうかと言っただけだ。何かあったのか?」

怪訝そうに訊いてくる佑星に圭都は慌ててかぶりを振る。その瞬間、クシュンとくしゃみが出た。

急に秋の夜風の冷たさを思い出したようにぶるっと身震いをする。鼻がむずむずして立て続けに二回くしゃみをした。

「圭都、こっちだ」

「え、何？」

突然佑星に腕を引かれたかと思うと、すぐ傍の路地裏まで連れていかれた。

ひとけがないことを確認し、佑星が気遣うようにひそめた声で言った。

「気がつかなかったが、どうやら近くにアルファがいたみたいだな」

薄闇の中で圭都は一瞬目を大きく見開いた。遅ればせながら佑星の勘違いに気づく。先ほどのくしゃみはアレルギーの症状ではなく単に寒くて出た生理現象なのだと、そう説明しようとした寸前、佑星が真摯な眼差しを向けて囁いた。

「大丈夫だ、すぐに楽になるから」

ゆっくりと顔が近づいてくる。キスをされるのだと瞬時に悟った。

アレルギー症状を抑えるための応急処置のキス。佑星はなんの疑いもなく圭都を助けようとしてくれている。

今ならまだ間に合う。軽く腕を突っ張るだけで佑星は思いとどまるだろう。その後に、アレルギー症状を起こしたのではないと正直に伝えればいい。

ところがその考えに反するようにして、ふいに脳裏に上品な花模様の封筒が過った。

途端に圭都の胸を焼けつくような衝動が襲った。

佑星を取られたくない――なぜだかそう強く思った。ひどく子どもじみた独占欲に突き上げられるみたいにして体中が彼を欲しているのがわかる。

みぞおちの高さまで持ち上げた手を宙で止めた。佑星を遠ざけるつもりだった両手がゆるゆると下がり、もとの位置に戻る。

頭の中にいつかの佑星の声が蘇った。

――オメガだとか番がどうだとか、正直もううんざりだな。

そう言っていたのに、あの手紙を書いた彼女だけは特別なのか。わけのわからない苛立ちが込み上げてきて、一瞬どう表現していいのかわからない感情の塊がぎゅっと胸を圧迫する。

なあ、佑星。同じオメガでも、俺じゃ駄目なのかよ……。

どうしてそんなことを思ったのか、自分でも自分の気持ちがよくわからない。

もやもやとしたものを抱えながら誤解を解くタイミングをわざと逃す。

圭都はアレルギーを起こしたと偽ったまま自分の意思で目を閉じた。すぐに唇にやわらかな感触が重なる。

歯列を割って入ってきた舌に遠慮がちに舌を差し出した。静まり返った夜闇に卑猥な水音が響く。気づくと、貪り合うようなキスに夢中になっていた。

9

それからの数日は、互いとも相変わらず忙しい日々を送っていた。

佑星は怪我のために一週間分のスケジュールを大幅に変更したせいもあって、今週は帰宅時間が深夜になることも多かった。反対に圭都は朝が早いので夜は佑星の帰宅を待っていられない。寝ないと翌日の仕事に響いてしまう。

それは佑星もわかってくれており、しばらくは擦れ違いの生活が続いた。

同じ家に住んでいるのにほとんど顔を合わせずに一日が終わっていく。寂しい、というよりは正直ほっとしていた。

先日、アルファアレルギーを偽って佑星にキスをされてから、圭都の思考は何かがおかしい。

惟月から聞いた話がずっと頭の中をぐるぐると回っている。

そのたびにわけのわからない苛立ちにさいなまれ、圭都は頭を抱えていた。

松宮家の令嬢、松宮志乃と佑星がどういう関係なのか気になって仕方ない。

今どき手紙のやりとりとは古風だが、何かそれも二人だけの秘め事のように思えて、彼らが親密な関係だという惟月の憶測に一層真実味を与えるようだった。

二人が許婚関係を解消してから十年が経っている。惟月が言っていた話が本当なら、志乃は佑星たちの従兄弟との婚約も破談になり、晴れて自由の身のようだ。一方、佑星が活動拠点を海外から国内に戻したのが一年ほど前。それから二人の間に一体何があるのだろうか。

ずっと忘れられない人がいる。佑星はかつて惟月にそう話したことがあったという。

佑星の恋愛事情など圭都はまるで知らない。過去にどんな人を好きになって、どういう別離があったのか。有名になってから週刊誌で取り上げられた熱愛記事はすべてがでたらめだったとしても、高校生の頃の佑星が志乃に抱いた気持ちだけは本物だったのかもしれない。惟月の話によると志乃も佑星に好意を持っていたようだし、許婚という関係性を抜きにしても、二人は当時から惹かれ合っていたのかもしれない。

佑星が一番辛かった時期、傍にはその彼女がいてくれたのだろうか。

他人に心を閉ざしていた佑星が、彼女にだけ心を開いていた。それは圭都の知らない佑星だ。考えた途端胸が軋み、無性に息苦しくなった。

圭都と佑星が十三年ぶりに再会したように、佑星と志乃も何かの縁で再会を果たしたことは十分考えられた。十年前とは違って互いの事情も変わり、急速に距離が縮まった可能性もある。要するに焼けぼっくいに火がつくあれだ。

胸がざわついた。

圭都が佑星から許婚解消の話を聞いたのは二週間前のことである。あの時の佑星はもう彼女とはなんの関係もないというような口ぶりだった。同居生活に遠慮する圭都に気を使わせないようにあえてそうしたのかもしれないが、黙っていられると裏切られたような気分になる。

「……これじゃあ十三年前と同じだ」

ぼそっと呟いた圭都は自己嫌悪に陥った。

あの時も突然聞かされた許婚という存在に、佑星を横から奪われた気がしたのだ。今も昔も根っこにあるのは嫉妬心で、佑星の隣にいるのはいつでも自分であってほしいという身勝手で傲慢な考えに頭が支配される。いまだにこんな子どもじみた感情が自分の中に残っていることに我ながら驚かされた。

親友にこんな重苦しい感情を向ける圭都はどこかおかしいのだろうか。

一日の作業を終えた厨房で、圭都は溜め息をついた。

お使いを頼んだ文哉は郵便局に行っている。もう少しすれば帰ってくるだろう。

今日も店には朝から客が並び、商品が次々と売れていった。客の中に一人だけアルファの女性がいて、圭都は慌てて例のハンカチを鼻と口に当ててその場をしのいだのだ。

「あー、疲れた……」

作業台にだらしなく突っ伏しながら手を伸ばし、脇に置いてあった小型のポーチを引き寄せた。

ハイブランドの黒のポーチは佑星からプレゼントされたものだった。なぜかかわいらしいパンダのマスコットがついていて、気後れするブランドポーチとのアンバランスさが妙に気に入っている。

——毎朝この中に俺のフェロモンを染み込ませたハンカチを入れておくから、俺がいない時のために持ち歩いてくれ。

そう言って数日前に手渡されたのだ。中にはチャック付きポリ袋に畳んだハンカチが入っていた。この方がハンカチのにおいが抜けにくく長持ちするからだ。

今日も佑星のおかげで圭都は助かった。

ハンカチもキスも、佑星にとっては、圭都を助けるための手段でしかなく、他意は一切ないのはわかっている。

——大切な親友だから、というのは理由にはならないか？

そんなことを言って大金を貸してくれた男だ。圭都だってもし今佑星が困っていたら二つ返事でできる限りの協力を申し出るだろう。

「……親友だから、か」

パンダをつつきながらぽつりと漏らすと、たちまち胸の奥がぎゅっと潰れたみたいに苦しくなった。

いや——親友なんかじゃない。

たとえ佑星はそう思っていても、圭都はもう佑星をそんなふうに見ていないことに唐突に気がついた。

そうか、俺は佑星のことが友情ではなく恋愛感情として好きなんだ……。

胸にすとんとその言葉が落ちる。

だが、気づいたところでどうしようもない。

ふいに脳裏に幼い頃に交わした約束が蘇った。

――もし圭都がオメガになったら、俺の〝うんめいのつがい〟になってくれる？

――うん、いいよ。なろうぜ、〝うんめいのつがい〟。

あれから二十年近くが経ち、圭都はくしくもバース性の変異によってオメガになってしまった。

ところが再会した佑星は圭都ではない本当の『運命の番』をすでに見つけていたようだ。

佑星にとって圭都はたった一人の幼馴染みであり、この先もずっと大切な親友なのだろう。

その残酷な現実に胸がきつく締めつけられる。

「これから先、俺はあいつの親友として上手くやっていけるのかな……」

一度気づいてしまった気持ちはなかったことにはできないから厄介だった。厄介でもこの想いだけは佑星にばれないようにしなければならない。親友から友情以上の感情を向けられたところで、佑星が困るだけだ。何より圭都も今のこの関係を壊したくなかった。

考えすぎて、鉛のように重たい溜め息が漏れる。

ふいにスマホのバイブレーションの音が鳴った。

瞬時に思考が現実に引き戻される。圭都は急いでスマホを手に取った。

画面を確認して一瞬固まる。金本からメッセージが届いていた。

「え、なんで……？」

金はすべて返済した。もう用はないはずだ。

圭都が恐る恐るメッセージ画面を開くと、一枚の画像が添付してあった。

暗がりの写真だ。見た瞬間、圭都はぎょっとした。そこに写っていたのが圭都と佑星のキスシーンだったからだ。

惟月を駅まで送っていったあの日のものだと、すぐに確信する。

「どうしてこれが……」

青褪めたその時、電話がかかってきた。金本からだ。

「――もしもし」

強張った声で言うと、回線の向こう側から『よう、星森くん』と金本の陽気な声が返ってきた。

『写真は見てくれたか？』

圭都は思わず黙った。沈黙を肯定と取り、金本が続けた。

『まさか星森くんの相手があの梶浦佑星だったとはなあ。最初に見た時に感じた尋常じゃないオーラはただ者ではないと思っていたが、あれがあの大スターだったとしたら納得だ。借金も彼に払ってもらったんだろう？　なるほどねえ、二人がこういう仲だったとは知らなかったなあ』

ずっと気になっていたんだよと、金本は癇に障る笑い声を響かせて言った。

佑星の顔は見られていないものと思って安心していたが、実はあの時に一瞬だけ視線を交わしたという。その強烈に印象的な目もとをどこかで見た気がして、金本は自分の事務所のスタッフに圭都をつけさせたらしい。

『おんぼろアパートから高級マンションにお引っ越しとは羨ましい限りだな。さすがの上級アルファもオメガのフェロモンにはイチコロか。いいねえ、オメガって生き物は』

「……何が言いたいんですか」

低めた声で問うと、金本が一瞬押し黙った。少し間を空けて訊いてきた。

『この写真、売ったらいくらになると思う？』

「ちょっ」圭都は咄嗟に言った。「やめてください。大体、勘違いしていますよ。俺と彼はそういう関係じゃない。ただの昔からの知り合いで……」

『ただの昔からの知り合いと路上でキス？　へえ、最近の若者は変わってんだなあ。こんなに濃厚なキスが挨拶代わりなのか』

「いや、だからそれは、金本さんが考えているようなものじゃなくて。なんというか……そう、人助けなんですよ」

『ああ？　人助け？』金本が白けたように鼻を鳴らした『なんだそりゃ』

「本当です。いうなれば人工呼吸的なものなんです。だからスキャンダルなんてものじゃまったくなくて……」

『おっと、電話だ』

金本の声越しに固定電話の着信音が聞こえた。事務所にいるのだろう。

『とりあえず、今からこっちに来てくれ。話の続きをしよう。待っているからな』

「は？　待ってるって、ちょっと金本さん！」

ブツッと一方的に通話が途切れた。

圭都は血の気が引く思いだった。

まさかあんな写真が撮られていたとは迂闊だった。もしあれが出回った時の世間の反応や佑星自身が被る影響を想像して、圭都は心底後悔した。理由を説明してキスを回避することはできたのに、そうしなかった自分を恨んだ。

真実は熱愛スキャンダルとはほど遠いのに、決定的な証拠があっては何を言っても無駄だろう。きっといいように世間は騒ぎ立てる。こんなことに佑星を巻き込むわけにはいかない。

圭都は急いでロッカールームから取ってきたジャンパーを羽織った。

厨房に戻って初めて文哉がいることに気がついた。

「うわ、びっくりした。帰ってきていたのか。ちょうどよかった。悪いけど、俺ちょっと出かけてくる。もう今日は上がっていいから、鍵だけ頼んでいいかな」

「え、あ、はい。構いませんけど。あの、店長……」

「ごめん、急ぐから。お疲れさま」

口早に言って圭都は店を出た。

もう二度とここに来るつもりはなかったのに……。

金本の事務所がある雑居ビルに着くと、圭都は共用階段を駆け上がった。

ハンカチを挟んだマスクをつけて、三階の『ゴールデンファイナンス』と看板が打ってあるドアをノックする。

すぐに中から「どうぞ」と金本の声が聞こえた。圭都は一つ深呼吸をしてからドアを開けた。

いつもながら煙草臭い。部屋に染みついたヤニのにおいに混じって、何か独特の甘いにおいがした。

よどんだ空気をマスク越しに嗅がされて、入って早々気分が悪くなる。

部屋にいたのは金本一人だった。

「おう、待っていたぞ」

警戒する圭都をソファに座るよう目で促す。

ハンカチのおかげでいつものアレルギー症状は出なかった。圭都は急く気持ちを抑えて腰を下ろした。

「さっきの写真なんですけど」

「ああ、これか」

金本がテーブルの上にポンッと数枚の写真を投げた。わざわざプリントアウトしたもので、スマホに送りつけてきた写真の他に同じ場所で撮られた二人のキス場面が時間差で複数写っている。

「梶浦佑星の熱愛の噂は多々あれど、どれも噂止まりだったのはこれといった決定的な証拠がなかったからだ。どれだけ張り込んでも絶対に撮らせてもらえない、鉄壁の警戒で記者を撒くのが上手いといわれているが、今回は油断したな。いくら夜のひとけのない路地裏だといっても、どこで誰が見ているかわからないもんだぞ。けどまあ、これだけ濃厚に舌を絡め合っていたら周りのことなんてどうでもよくなるか」

金本が下卑た笑いを浮かべる。圭都はカアッと顔が熱くなるのがわかった。羞恥に写真から目を逸らし、歯痒さで唇をきつく噛み締める。自分が情けない。

「だから、本当にそういうのじゃないんですって。彼は友人で、これは俺を助けるためにしてくれたことなんです」

「あ？　さっきもそんなことを言っていたが助けるって一体何を――」怪訝そうな金本がはたと閃いたように言った。「ああ、なんだそういうことか。つまりあれだろ。星森くんは路上で急に発情しちまったってわけだ」

圭都は押し黙った。実際は発情ではなくアルファアレルギーの方で、もっと言うと発症したふりをしていた。

しかし勘違いをしている金本を圭都はあえて否定しなかった。オメガのヒートについては、アルファの金本もよく知っているはずだ。ヒートを起こしたオメガの発情フェロモンに晒されたアルファは欲望に逆らえない。

「……だとしたら、この時の俺たちがどういう状況か想像がつくでしょ。最近ストレスでフェロモンが乱れているせいか、時々軽いヒート状態になるんです。あの時は抑制剤を持ち合わせていなくて、俺一人ではどうすることもできないから緊急処置で俺からしてくれと頼みました。その後はすぐに治まって、真っ直ぐ帰宅しました。この写真の続きも報告を受けているでしょうから知っていますよね。彼は善意で俺の言った通りにしただけで、金本さんが想像しているような関係じゃまったくないんですよ。どちらかというと彼は被害者ですから。この写真がもし世に出たら、俺は今の話を正直に話すつもりです」

対面を強く睨みつけて言うと、金本が興をそがれたとでもいうように溜め息をついてソファの背に踏ん反り返った。

「まあ、正直そんなことはどうだっていい」

「え？」

「確認するが、星森くんと梶浦佑星は番関係ではないということでいいんだな？」

問われて、圭都は怪訝に思いながらも「もちろんです」と頷いた。金本がにやりと笑った。

「そうか、それが聞きたかったんだ。すでに番契約を結んでいるオメガは新たな番を作れないからな。実はこの写真は星森くんをここに呼び出すための口実にすぎない。梶浦なんてどうだっていいんだ。芸能人のスキャンダルに興味はない。星森くんにもう一度会わせろとうるさい男にせっつかれてな」

金本の背後で続き部屋のドアが開いた。現れた男を見て圭都は息をのむ。上等なスーツに体格のいい長躯を包み、神経質そうな眼鏡をかけた四十がらみの男。一条だ。

ざわっと全身の毛が逆立ち、反射的に圭都は腰を上げた。

と次の瞬間、視界がぐらりと歪む。

「え……何……？」

目が回る。体に力が入らず、圭都はソファに倒れ込んだ。

「ようやく効いてきたか。もっと早くダウンするかと思ったのに、案外喋っていたな」

圭都はがくがくと震えながら目を上げた。金本がニヤニヤと見下ろしてくる。

「この部屋に入った時に気がつかなかったか？　いいにおいがするだろ。今海外で出回っているオメガ専用の発情促進成分が入ったアロマだ。俺たちには甘ったるいにおいがするだけだが、オメガにはどうだ？　体が火照ってたまらないんじゃないか？」

どくんと心臓が大きく跳ねた。途端に下腹がずんと重くなり、覚えのある熱が渦巻く。

「なんだ、マスクをつけているのか」

一条が頭上から圭都の顔を覗き込んで言った。

「もう鼻炎は治ったんだろ。顔を見せたらどうだ。それともマスクの下に何かとんでもないものを隠しているのかな」

鼻で笑いながら一条が圭都のマスクに手をかける。耳の紐を引っ張られ強引に剥ぎ取られた。マスクと一緒にチェックのハンカチが落ちる。

「なんだこのハンカチは……」

一条の顔目がけて盛大なくしゃみが出た。一回では治まらず二回、三回、鼻水まで飛び散る。至近距離から大量に飛沫を浴びて、一条が悲鳴を上げた。「なんだこいつは、汚いっ」一条が般若のように顔を引き攣らせて、スーツの胸ポケットからハンカチを取り出す。鬼気迫る表情でゴシゴシと頬を拭き、唾液まみれの眼鏡を外してレンズまで拭き出した。

その隙に圭都は鉛のように重たい体を必死に動かしてソファから転げ落ちた。大騒ぎする一条に金本が気を取られているうちに、がくがくと笑う膝に鞭打ち、懸命に出口を目指す。

「おい、待て」と、逃げようとする圭都に気づいた金本がテーブルに飛び乗って追いかけてきた。腕を掴まれた途端、くしゃみを連発する。金本が「うわっ」と顔を背けて「汚ねえな」と、力任せに圭都を床に引きずり倒した。

金本が圭都の上に馬乗りになった。

圭都は渾身の力を込めて抵抗する。アレルゲンであるアルファのフェロモンを吸い込んで、くしゃみが止まらなくなる。これにはさすがに金本も怯み苛立った声で怒鳴り散らす。

「おい、そのくしゃみを止めろ！　おとなしくしていれば――」

バンッと外からドアが開いたのはその時だった。

「圭都！」

佑星の声を聞いたと思った次の瞬間、頭上でガッと鈍い音がして圭都に馬乗りになっていた金本が真横に吹っ飛んだ。

テーブルに激突し、白目を剥いてその場に倒れる。写真がバラバラと床に落ちて広がった。佑星が一枚を拾い上げて眉間に皺を寄せる。

「誰だ、お前たち」と、一条が動揺した声を張り上げた。即座に佑星が大股で詰め寄り、一条の胸倉を掴む。拳を振りかざしたその様子を床から目にして、圭都は咄嗟に「佑星駄目だ！」と叫んでいた。佑星がピクッと寸前で動きを止める。一緒に部屋に飛び込んできた石黒が間に入って、「これ以上は手を出すな」と佑星を一条から引き剥がした。

佑星が唸り、怒りを舌打ちに変えて一条を睨みつける。「ひいっ」と情けない悲鳴が上がった。目の当たりにした上級アルファのオーラは尋常ではなかった。ビリッと空気を引き裂く音が聞こえそうな圧倒的存在感に支配された空間で、同じアルファといえども一条は立っているだけでもはや精いっぱいだろう。更に佑星がとどめを刺すように一際鋭い目で睨んだ途端、一条は痙攣を引き起こし、その場にへなへなと膝から頽れたのだった。

すでに一条には一ミリの興味も示さず佑星がくるりと振り返った。すぐに引き返してきて、圭都の傍に跪く。

「圭都。大丈夫か、怪我は？」

焦ったように言って、佑星は床に転がっていた圭都を抱き起こした。

圭都は茫然としながらかぶりを振った。

「俺は平気。佑星こそ左手は？」

怒りに任せて一条の胸倉を掴んだ手を心配する。その前に金本にも使っていなかったか。

佑星が目を見開いた。

「心配しなくてもこっちはなんともない。もうほとんど治ったようなものだ。それよりもアレルギーはどうだ？　くしゃみは止まったのか」

心配そうに問われて圭都はこくこくと頷いた。

あれほど連発していたくしゃみはもう今は嘘のように止まっていた。だが今度は別の異変が体内に広がりつつある。どくんと心臓が大きく跳ねた。すでに治まったアレルギー症状と入れ代わるようにして、抑え込んでいた下腹の熱が急速に膨らみ始めたのがわかった。

体中の血液が沸騰し、湧き上がる劣情を抑えきれなくなる。

「……っ」

「圭都？　どうした……っ」

心配して顔を覗き込んできた佑星がびくっと何かに気がついたように動きを止めた。思わずといったふうに腕で鼻と口を覆う。

「このフェロモン……まさか圭都のものなのか？」

ばれたと思った。

この体は紛れもなくヒートを起こしている。アルファの佑星が気づかないはずがない。

だが、もはや体から漏れ出る発情フェロモンを止めることは不可能だ。頭がくらくらして何も考えられなくなる。

熱に浮かされた目に佑星の驚いた顔が映った。ベータのはずの圭都が実はオメガに変異していたと知って、彼は今何を思うだろう。正常に思考が働いている時なら、今すぐにでも佑星の前から消えてなくなりたいと願ったに違いない。しかし、朦朧とした頭はたった一つのことしか考えられなかった。この狂おしいほどに体内を暴れ回る熱をどうにかしてほしい。浅い呼吸を繰り返しながら、圭都は身悶える。

「あ……た、助けて……っ」

咄嗟に助けを乞う言葉が口をついて出た。

切羽詰まった声で佑星に問われた。「抑制剤は？」

圭都は朦朧とした頭で答える。「の、飲んできた、けど……こんなことになったのは、初めてで……っ」

「佑星」石黒が手に持った小瓶を見せた。「このアロマオイルの名前、聞いたことがある。確か今海外で、オメガの発情を強制的に誘発させるとして問題になっているものだ」

「部屋に入った時に妙に甘いにおいがしたが、このにおいだったのか」

佑星がすべて理解したように頷いた。石黒と何かを話しているが、もう圭都の頭には何も入ってこなかった。

ふいに佑星が言った。

「圭都、他にどこか痛みがあったり気分が悪かったりしないか？」

圭都はゆるゆると首を横に振る。「か、体が……熱い……」

「わかった。もう少し耐えてくれ。すぐに移動するから」

次の瞬間、圭都は佑星に抱き上げられた。「後は頼む」と石黒に言い残すと、佑星は圭都を連れて部屋を出た。


ビルの傍に止めてあった乗用車に圭都は乗せられて、佑星の運転でマンションに帰宅した。

ほとんど記憶がないうちに佑星の手によって移動は完了し、気がつくとキングサイズのベッドに寝かされていた。

少し身じろいだだけでシーツから佑星のにおいが立ち上る。

どくどくとこめかみが脈打ち、嗅覚がたちまち下腹に直結する。

ひどく息苦しい。はあはあと肩で呼吸をしていると、佑星がミネラルウオーターのペットボトルとグラスを持って寝室に入ってきた。圭都が先ほど喉が渇いたと言ったからだ。

「水だ。飲めるか？」

蓋を開けたペットボトルからグラスに水を注ぐ。

圭都は佑星に抱きかかえられるようにしてグラスに口をつけた。だが唇までもが過剰なほど敏感になっていて、グラスに触れた途端に痺れて小刻みに震えた。上手く水を飲むことができず、口の端から零れた水を佑星が引っ張り上げたタオルケットで丁寧に拭いてくれる。そのタオルケットからも佑星のにおいがして、圭都はたまらず熱い息を漏らした。

車中で緊急用の抑制剤を飲んだことで、一時ヒートが弱まった気がしていた。ところがベッドに寝かされた途端、再び体の疼きがぶり返してきた。佑星のフェロモンが染みついたシーツに埋もれてくらくらする。とんでもなく性欲を刺激するにおいに煽られるようにして、圭都の体内で飢餓感が暴発した。

佑星が圭都の唇にグラスを近づけてくる。

口に含んだ水のほとんどが嚥下する前に唇の端から零れた。顎を伝って首筋を濡らす。

「これだと飲めないな」

佑星が自らグラスに口をつけた。水を含んだ口で圭都の唇を覆う。

口移しで水が口内に送り込まれてきた。ビリッと甘い痺れを唇に感じながら、圭都はごくりと喉を鳴らす。渇いた喉に冷たい水が染み渡る。

「……んっ、んーーぁ、もっと……」

圭都は喘ぐようにしてねだった。佑星が再び口移しで水を飲ませてくれる。

「ん、んぅ……ぁ、ゆうせい……もっと……」

耳障りなくらいひどく甘ったるい声がふわふわと揺れて自分の耳に戻った。佑星が触れた唇が熱を持ちじんじんと痺れる。甘い……。そう感じるのが、もはや水なのか佑星の唇なのかよくわからなかった。

思考が途切れ、まともに頭が働かない。

水を飲んでいるだけなのに不自然に息が上がる。

喉の渇きを癒やすはずの行為が、体の奥の疼きをより増幅させた。佑星がほしくてほしくてたまらなくなる。

「熱い……っ」

圭都は半ば無意識にシャツのボタンを外した。指が震えて手間取っていると、佑星が手を貸してくれる。すべてボタンを外してシャツを脱ぎ捨てる。

グラスから落ちた水滴が圭都の裸体を打つ。そんな僅かな刺激にもぶるっと体を震わせて、圭都は甘い喘ぎ声を上げながら言った。

「ん……水……」

顎を反らすと、佑星がグラスに口をつけた。

圭都は期待を込めた眼差しを向ける。早くと、濡れた半開きの口で佑星の名を呼んだ。

佑星が持っていたグラスをサイドテーブルに置いた。ぼんやりと見上げた先、彼の整った顔が一瞬何かに耐えるようにぐっと歪む。その一方でたちまち妖しい光を宿した目が情欲の色を反射して揺れた。

ふいに覆い被さってきた佑星が、それまでとは違った荒々しい動作で唇を塞いだ。

一気に水が流れ込んでくる。圭都は反射的にごくりと嚥下した。同時にくちゅりと舌が差し込まれた。

もう水は送り込まれてこない。冷たい佑星の舌が圭都の口腔を乱暴にまさぐり始める。

「ふ……んんっ」

深いくちづけに圭都はすぐに夢中になった。水よりも本当はこれがほしかったのだと気づかされた。喉の奥まで貪られ、舌を搦め捕られてはきつく吸われる。

じんとした甘い痺れが背筋から脳髄まで一気に駆け上った。

キスを続けながら佑星が器用に体勢を入れ替えて圭都を押し倒す。

ふいに佑星の手が圭都の股間に伸びた。

「ん、あ……っ！」

すでに痛いほど張り詰めたそこを軽く触られただけで、腰がびくんと大きく跳ねた。

「もうこんなにして、辛かっただろう」

佑星は言いながらすぐさま圭都のパンツのフロントボタンを外し、ファスナーを引き下げた。苦しくて痛みすら覚えた股間が途端に解放される。

はち切れんばかりに硬くなったそこを佑星の手が覆った。

下着越しにやんわりともみしだかれた瞬間、目もくらむような強烈な快感が圭都の体を駆け抜けた。

「ぁっ、あ――っ」

あっという間に圭都は高みに押し上げられていた。下着にべっとりと吐き出した精液が付着しているのがわかった。

不快さと羞恥が混濁する中、圭都は四肢を投げ出し射精の余韻を噛み締める。だが、まだ体の奥で切ない疼きは続いていた。

「ん……ゆうせい……」

次をねだるように、圭都は緩慢な動作で身じろいだ。

その恍惚とした上目遣いの表情を見下ろし、佑星がごくりと喉を鳴らす。

「ぁっ」

腰に手がかかり、すぐに汚れた下着が剥ぎ取られた。ぶるんと早くも兆し始めていた精液まみれの屹立が露出する。そこに佑星は長い指を絡めると、まだあたたかい白濁を塗り込めるようにしてゆるゆると扱き出した。

「ぁ……ん……ぁっ」

自分でもおかしくなったのではないかと思うほど腰が勝手に揺れた。佑星の手の動きに合わせて卑猥に揺らめかせていた腰がふいに大きく浮いた。

佑星が圭都の太腿を掴んでぐいっと持ち上げてくる。

色白の尻が佑星の眼前に晒された。

意識は朦朧としながらも、自分が今どんな痴態を晒しているのかはわかった。

「あっ、やめ……っ」

慌てて身をよじろうとするが、佑星がそれを力ずくで引き戻す。再び無防備な尻を晒し、圭都は羞恥に泣きそうになった。その時、後孔からつーっと尻の狭間を伝って粘着質な蜜が零れ落ちた。

「ああ、もうこんなに濡れているのか。オメガのここは」

佑星が情欲に掠れた声で呟くのが聞こえた。

圭都はカアッと羞恥に全身が熱くなるのを感じた。ヒート時、男性オメガの後孔はまるで女性器のように蜜が溢れ出すといわれている。実際、十代後半で初めてヒートを経験した時に、そのなんとも言えない感覚も一緒に体験した。

それからは抑制剤を適切に使用してヒートを最小限に抑えてきたが、今回はもうそれでは効かないくらいに体が佑星を求めて暴走している。

剥き出しになった後孔から次から次へと蜜が溢れ出していた。

佑星の指先がそこに触れた。

途端にびくっと全身を震わせた圭都は羞恥よりも目先の欲望に食らいついた。挿し入れられた指をぐっとくわえ込む。

佑星が指を抜き差し始めた。ぐちゅぐちゅと卑猥な水音が鳴り響き、すぐに二本、三本と指が増やされる。圭都の濡れそぼった後ろはそれをやすやすと受け入れた。

中を掻き回されて圭都は甘い声で喘いだ。

「気持ちいいか？」

「ん……いい……っ、あ、そこ……んんっ」

「ここか？」と、佑星が圭都の反応を見ながら指を動かす。

自ら大きく足を割り開いて尻の奥をいじられる。途轍もなくはしたない格好だと頭ではわかっていながらも快楽には抗えなかった。

浅いところを執拗に擦られ、その気持ちよさに身をくねらせてよがる。次第に入り口だけでは物足りず、指では届かない更に奥深い場所の疼きがひどくなってきた。

「ぁ……も、ゆびじゃ……んっ、なくて……っ」

もっと太くて長いもので奥までいっぱいにして、ぐちゃぐちゃに掻き回してほしい。

佑星の動きが一瞬止まった。

圭都はもう火照った体の疼きを抑えきれなかった。

「ゆ、ゆうせいので……はやく……っ」

ねっとりとした舌足らずな声で誘うように乞うた。

次の瞬間、後孔から指が引き抜かれる。

体を起こした佑星から突如ぶわりとオーラのようなものが立ち上った気がした。切羽詰まった仕草で自らも衣服を脱ぎ捨てて裸体を晒す。鍛え上げられた体からにおい立つほどに一層濃いフェロモンが放出される。

圭都はほうと恍惚の表情で佑星を見上げた。

中心にそそり立つ逞しい雄を見て、思わずごくりと唾を飲む。期待に胸が高鳴る。

「入れるぞ」

情欲にまみれた低い声にぞくっと全身が甘く痺れた。圭都は濡れた声で「早く」と佑星を煽る。

切ない喪失感を覚えていたそこに、火傷しそうに熱い切っ先があてがわれた。直後、ぐっしょりと濡れそぼった孔をぐうっと押し広げて先端が捩じ込まれる。

「……ひっ、ああっ」

体の最奥まで一気に貫かれて、圭都は再び達した。びくんびくんと腰をはね上げながら白濁を撒き散らし、その反動で中できつく締めつけられた佑星がくっと辛そうに喘ぐ。どうにか耐え、ゆるゆると腰を揺らし始めた。

達したばかりの敏感な媚肉を擦り上げられるともうたまらなかった。

腰を回すようにゆっくりと圭都をうがちながら、佑星の手がふいに圭都の項に触れる。

反射的に圭都はびくっと首を竦ませた。佑星も一瞬我に返ってさっと手を引く。

代わりにシーツを掴む圭都の手を、指を絡めるようにして握ってきた。

つながったまま唇を覆われる。圭都も自ら舌を差し出し求め合った。甘露のようなキスを貪りながら佑星が徐々に抽挿を速めていく。

あまりの気持ちよさに喘ぐ声が止まらなくなる。頭の芯まで痺れるような快楽に引きずり込まれていく。

腰使いはすぐに激しいものに変わり、佑星は圭都を幾度となく突き上げてきた。

「いぃ……きもち、いい……すごくっ……あっ、あぁ、また……っ」

くる――！　圭都は体を硬直させて、三度目の精を放った。ほぼ同時に佑星も圭都の最奥目がけて熱の奔流を叩きつける。

それでもまだ二人の欲望は収まらず、その後も圭都は何度も佑星に貫かれた。

話し声がして目が覚めた。

「……わかった。じゃあ、そっちの方は引き続き頼む。こっちもなんとか落ち着いたから大丈夫だ。うん、その話はまた後で……」

　身じろぐとベッドのスプリングが僅かに軋んだ。戸口に立っていた佑星が振り返る。電話を切って、歩み寄ってきた。ひどくやわらかな笑みを浮かべて言った。

「目が覚めたか。まだ夜中だが、どうだ気分は？」

　ベッドの端に腰かけ、圭都の頭を優しく撫でてくる。指先で前髪をそっと横に流されて視界が開ける。目が合った佑星に微笑まれた途端、条件反射のように胸が高鳴り出した。

「……っ」

　喋ろうとしたが声が出なかった。

　言葉より先に咳が出て、佑星がサイドテーブルに置いてあった水のペットボトルを手に取る。情事の続きのように口移しで飲ませようとするから、圭都は慌てて首を横に振って断った。

　急いで体を起こすと、普段は使わない体の筋肉があちこち軋んだ。特に下半身が筆舌に尽くしがたい痛みに襲われて、思わず叫びそうになるのを寸前で耐えた。数時間前の出来事が夢ではなく現実なのだと嫌でも実感する。互いを貪るように淫らに交わった記憶がまざまざと蘇り、圭都の顔は火を噴いた。

　ヒート自体はすでに収まっていた。

　通常のヒートとは違って、発情促進作用のあるアロマによって強制的に引き起こされたものだったため、その効果は一時的だったようだ。

唇の痺れも取れており、零さず自分で水を飲んだ。喉が潤うとようよう喉に絡みつくような掠れ声が出た。

「喋れるか?」

「……うん、なんとか。それより、いろいろとごめん」

「ごめんって何が?」

佑星が怪訝そうに聞き返す。

「この前、惟月を駅まで送った帰りに、俺たちがキスしていたところを写真に撮られていたんだ」

「ああ、あの金貸業者の事務所にあった写真だろ」

圭都は項垂れた。

「気をつけなきゃって思っていたのに、あの時の俺は佑星の立場をまったく考えていなかった。あんな誰の目があるかもわからない場所で、迂闊なことをして……」

本当は断ることができたのに欲に負けたのだ。こういう圭都のやましい気持ちが佑星の芸能人生を危険に晒すかもしれないことを、頭ではわかっていたつもりだったが本当の意味で理解していなかったのだと気づかされた。金本に写真を見せつけられ、これを売ると脅されて初めて、その恐ろしさを痛感した。

申し訳なくて顔を上げられずにいると、ふいに頭を手のひらが覆った。圭都の髪を優しく掻き混ぜながら、佑星が言った。

「圭都が気に病むことじゃないだろ。アレルギーに苦しむ圭都を少しでも楽にしてやりたくて俺が勝手にしたことだ。それに、あの件は心配しなくていい。石黒さんが全部後処理をしてくれたから。写真も表に出ることはない」

「え」圭都は思わず頭をはね上げた。「本当に？」

佑星が頷く。よかった……。圭都はほっと胸を撫で下ろした。あのキス写真が世間に出回ったら最後、言い逃れができなくなる。梶浦佑星のブランドに傷をつけてしまう。一介のオメガに許されることではなかった。釈明する佑星に記者がこぞって問い詰める場面を想像していたから、心底安堵した。

「そういえば、なんで俺があそこにいるってわかったんだ？」

訊ねると、佑星が「パンダ」と答えた。「渡したポーチにパンダのマスコットがついていただろ。あの中にGPSを仕込んでおいたんだ」

圭都は驚く。渡されたポーチにそんな仕掛けがしてあったなんて初耳だ。

「金本というあの男、返済が滞ると容赦なく身売りさせることで裏では有名らしい。最初に圭都とあいつらがもめているのを見つけた時、それらしい会話をしていたから圭都も目をつけられているんじゃないかと心配した。借金は完済したが、念のためにあのパンダを仕掛けておいたんだ。美浜くんにも何かあればすぐに連絡をくれるよう頼んであった」

圭都が金本と電話で話しているのを、ちょうど店に戻ってきた文哉に聞かれていたらしい。圭都が店を飛び出した後、文哉はすぐにそのことを佑星に知らせた。仕事を終えて店に向かっていた佑星は圭都の行方を捜し、あのビルに助けに来てくれたのだった。

佑星が申し訳なさそうに言う。「了解を得ずに勝手なことをして悪かった」

謝られて、圭都は咄嗟に首を横に振った。

確かに本人に黙って位置情報を把握していたことには多少の戸惑いがあるものの、結果としてそれを頼りに佑星が駆けつけてくれて助かったのだ。悪意があったわけではなく、圭都のことを心配してのことだとわかっているので、責めるつもりもなかった。

佑星は再び表情を引き締めると、感情を押し殺すようにして言った。

「金本にあの写真を使って脅されたんだろ。どうして俺に相談しなかったんだ」

「それは」

圭都は目を合わせてくる佑星から咄嗟に視線を逸らして俯いた。

「……俺のせいで撮られた写真だし、これ以上佑星を巻き込みたくなかったから」

そう言いつつ結局は、圭都のとった行動は裏目に出る形となってしまった。圭都がオメガであることを知らなかった佑星を、ヒートにまで巻き込んでしまったのだから始末に終えない。こんなつもりではなかった。罪悪感でいっぱいになる。

佑星が長い息を吐いた。

「そんな言い方をしないでくれ。圭都があの男に押し倒されているのを見た瞬間、頭の中が真っ白になった。圭都がオメガだと知った時は、もしあそこにいたアルファに何かされていたらと想像してぞっとしたんだ。本当に無事でよかった」

俯けた頭上にふいに影が差したかと思うと、佑星に抱きしめられた。佑星のにおいを吸い込んだ瞬間、胸の奥がぎゅっと潰れた。頬が熱くなり、頭がくらくらする。このにおいをずっと嗅いでいたい。そう思う一方ですぐに後悔の念が込み上げてきた。

「……オメガに変異したこと、隠していてごめん」

圭都は両手を突っ張り、佑星を押しやった。離れた佑星が怪訝そうに見てくる。

「バース性は人それぞれで非常にデリケートな話題だ。特に突然起こる変異は本人も周りも受け入れるまで時間がかかるだろうし、本人が必要だと思わない限り公表する義務はない。幼い頃から知っている相手に言い出せなかった圭都の気持ちもよくわかる」

「だけど最初から話しておけば、佑星も俺を警戒しただろうし、こういう事態を回避できたかもしれない」

圭都は覚悟を決めて言った。

「俺だって、抑制剤は毎日かかさず飲んでいるし、まさかこんなことになるなんて思ってもいなかったんだ。いくら人助けだといっても、さすがに一線を越えるのは駄目だろ。キスだって本当は友人同士でやるもんじゃないよ。それなのに俺は今まで佑星の厚意に甘えてしまっていた。本当にごめん。親友失格だな。石黒さんにも言われていたんだ。アルファの佑星の傍にオメガがいるだけでスキャンダルになるって。二人にベータだと嘘をついてこの家に住まわせてもらっていたけど、出ていくよ。これ以上迷惑をかけるわけには……」

「迷惑だなんて誰が言った」

佑星が唸るようにして言った。

「確かに今回のことはアクシデントが重なった末の、俺にとっても予想外の出来事だったが、だとしても俺はこうなったことを後悔していない。それどころか圭都がオメガに変異していたと知って俺は——……圭都？」

ぐらりと体が大きく傾いだ。目の前がぐるぐる回って、平衡感覚を失う。

「圭都？　おい、圭都！　熱い……すごい熱じゃないか。しっかりしろ、圭都！」

佑星の声が急速に遠のく。ああ、あの時の感じに似ている……。バース性の変異を経験する直前にもこんなふうに突然発熱したことがあった。当時の記憶が走馬灯のように駆けめぐる中、圭都は意識を手放した。

10

その後丸二日、圭都はベッドの中で過ごした。

深夜に発熱し、三九度の熱が朝になっても下がらなかったので、心配した佑星が医者を呼んでくれたのだ。

幸い発熱以外に特に目立った症状は見当たらず、ストレスや疲労からくる風邪ではないかということだった。解熱剤を飲んで様子を見ることになった。

一日目は熱で頭が朦朧として記憶が飛び飛びだが、ふと目を開けると必ず傍に佑星の姿があった。

その日の打ち合わせや雑誌のインタビューはすべてリモートワークに変更したようで、佑星は一日中家にいて圭都に付ききりで看病してくれたのだった。

おかげで翌日には微熱ほどにまで下がり、動けるようになった。まだ体がふわふわして足もおぼつかないので、念のためもう一日休養を取ることにした。

佑星はさすがに今日は仕事に出かけていった。「本当に一人で大丈夫か？」と、しつこいほど心配する過保護な彼を圭都はどうにか言いくるめて送り出したのである。

自分の体調不良を理由に店を閉めるのはオープンして以来初めてのことだ。

文哉にも迷惑をかけてしまった。

熱が引き、思考がまともに働くようになると、ふとした瞬間に佑星に抱かれた記憶がまざまざと蘇ってきた。そのたびに圭都は布団に潜って幾度となく身悶える羽目になった。

こんな展開になるとはまったく予想していなかった。

佑星に対する想いを自覚したのがつい数日前だ。その後の出来事は嵐のようで、頭がまだこの現状に追いついていなかった。

予定外のヒートに加えて初めてのセックスだったとはいえ、佑星とこうなったことを圭都は喜ばしく思っていた。好きな相手に抱かれたのだ。嬉しくないはずがない。

だがその一方で、自分の存在が佑星の負担になっているのではないかと考えて心が沈んだ。

ヒートを起こしたオメガが目の前にいたら、アルファなら発情フェロモンに抗えない。ましてや苦しむ圭都を見たら、優しい佑星は放っておけなかっただろう。アレルギーの時と同じだ。

佑星は苦しむ圭都を助けるために手を貸してくれたにすぎない。

——大切な親友だから、というのは理由にはならないか？

今回のことも真っ直ぐ圭都を見て当たり前のようにそう答えるだろう。後悔はしていないが、そこに友情以外のものはない。

圭都とは真逆だ。佑星に対してやましい下心があるから、深くつながってしまったことを今更ながら後悔している。一度触れてしまったら、体の隅々にまで佑星の記憶が残ってしまう。欲に負けて自制がきかなくなるのが怖い。

「……ぁ」

途端に下腹の辺りに違和感を覚えた。おずおずと布団の中に手を差し入れ、スウェットの上からそこを触れて愕然とする。勃起していた。

なんで今……。圭都は激しく動揺しながらも、快楽に抗えなかった。もぞもぞと布団の中でスウェットのズボンを膝まで下ろす。下着もずらし、露出した屹立を軽く握る。まだやわらかかったが、数度扱いただけで硬く張り詰めて芯を持った。たちまち脳裏に先日の情事の記憶が蘇った。まるで映画を見ているみたいにはっきりと佑星の荒々しい動作や自分の淫らな息遣いが頭の中で繰り返される。もう一度佑星に抱かれているような錯覚に陥った。

サイドテーブルに佑星が置いていったカーディガンが見えた。無意識に手を伸ばしカーディガンも布団の中に引っ張り込む。圭都は布団に潜ってカーディガンに顔をうずめた。甘美な佑星のにおい。体の奥でぶわっと熱が膨らむ。

「ふっ、う……っ」

佑星にはアレルギー反応が起こらないのに、オメガの性は佑星にだけ反応する。

自分の手に佑星の手の幻影を重ねた。

「んぁ、ゆ、ゆうせいっ……あ、あ……っ」

性器が一気に膨張し、圭都は精を放った。尾を引く快感の波にしばらく体を投げ出す。満ちた潮がざあっと引くように、高揚した体から一気に熱が引いていく。途端に後ろめたさと虚無感が込み上げてきて、なぜか圭都は泣けてきた。

それからしばらくうとうととしていた。

——ピッ、ガチャッ。

玄関ドアの鍵が開く音が聞こえて、圭都はまどろみから覚醒した。急くような足音が近づいてくる。トントンとノックの音が鳴った。

「圭都？　起きているか」

「うん、どうぞ」返事をすると、ドアが開いて佑星が顔を覗かせた。

「遅くなった。どうだ調子は。ちゃんと昼は食べたか？　薬も飲んだよな？　熱は測ったか？　何度になった？」

立て続けに問いかけながら、佑星が部屋に入ってくる。

「さっき測ったら三六度七分だった。平熱に戻ったよ。昼も食べたし薬も飲んだ」

「そうか、ひとまず熱が下がってよかった。朝からずっと圭都のことが気になって仕事が手につかなかったよ」

本当なのか冗談なのかわからない口調で言いながら、佑星がほっと息をついて頬を緩ませた。ベッドの端に腰かけて、確認するように圭都の額に手のひらを当ててくる。

急に佑星の顔が近づいて、圭都は一気に脈拍が速まるのを感じた。少し前まで自分がここで何をしていたのか、佑星は知るよしもないだろう。

後ろめたさから目を合わせられず、さりげなく視線を外す。うるさい心臓の音が聞こえてしまいそうで咄嗟に息を詰める。また熱が上がるのではないかと思った。

額から大きな骨張った手がゆっくりと離れた。佑星が「よし、大丈夫そうだな」と微笑みながら頷いた。

圭都もひそかに止めていた呼吸を再開させる。その瞬間、ふわりと何か甘い香りが鼻腔をくすぐった。いつもの佑星のにおいとは違う、上品だが明らかに人工的なものだ。

「フローラル系の香水なんかつけているのか？」

「え？」佑星が軽く目を瞠った。「いや、そんなものは……」言いかけて、何か思い当たったのかバツの悪そうな顔をしてみせる。

「今日の現場は女性が多かったからな。誰かのものが移ったのかもしれない」

「あ、そっか。バラエティー番組の収録だったんだろ？　例のやつだよな」

圭都は思わず前のめりになって言った。先週〈クレフ〉が取材を受けた番組だ。

「うちの店の紹介VTRどうだった？　俺、ちゃんと喋れていたかな。緊張でかなり顔が強張っていたと思うんだけど」

「心配しなくてもいい出来に仕上がっていたぞ。フィナンシェもケーキもどれも美味そうに映っていた。イケメン店長だってスタジオでは女性タレントたちが騒いでいたくらいだ」

佑星が一瞬苦虫を噛み潰したような顔をした。

「ちゃんと撮れていたならよかった。放送日はいつだっけ？」

「来月の頭だ。あれが放送されたらまた店が忙しくなるな」

「それは大歓迎なんだけど、ああでも、今でもいっぱいいっぱいなのにさすがに二人だときついかな。このチャンスを逃したくないし、思い切ってアルバイトを雇った方がいいかもな」

「俺も同じことを思っていた。それで相談なんだが、惟月はどうだ？　あいつも今はやることが卒論だけで、短期のアルバイトを探していると言っていたから」

「惟月が？」圭都は願ってもないことだとこくこく頷いた。「それはもちろん、惟月がいいなら俺はありがたいんだけど」

「それじゃあ、後で惟月に話しておく。先に食事にしよう。夕飯を買ってきたんだ。食べられそうか？」

「うん。食欲が戻ってきておなかが減った。ごめんな、忙しいのに迷惑かけて」

目を合わせた佑星が複雑そうな顔をした。

「迷惑だなんて少しも思っていない。俺の手が不自由な間は圭都が世話をしてくれていたじゃないか。お互いさまだろ」

「いや、だってそっちの怪我はもともと俺のせいなんだし」

「それを言うなら圭都の熱だって、俺が抑えがきかずに圭都に無茶をさせてしまったからかもしれないだろ」

真顔で言われて圭都は思わず押し黙った。瞬時に頬が熱くなるのを感じる。佑星の言うそれだって、厳密に言えばオメガのフェロモンがアルファの理性を奪ったせいだろうと思ったが、口にするのはやめておいた。

ふいに佑星がいいことを思いついたように言った。

「よし、こうしよう。これからは迷惑をかけるかけないの話は禁止だ。もし口にしたら罰金だからな」

「罰金!?」

「現実問題として、圭都のアレルギーとヒート、両方の対策役になれるのは俺しかいないだろ。圭都が必要ならいくらでも俺のことを利用してくれて構わない。圭都のためならいくらだって俺を貸すよ。なんだってする」

佑星のファンが聞いたら目をハートにして卒倒するに違いない。それくらい強烈な言葉だった。大体アレルギーはまだしも、ヒートの対策役とはなんだ。もし昨日のようなことが起これば、また佑星が抱いてくれるとでもいうのか。

考えただけでカアッと顔が火を噴いた。そんなわけがないだろう。言葉のあやというやつだ。

表現は間違っているが、彼の言いたいことの最後にはどうせ『親友なのだから』と例の言葉が続くに違いない。だから勘違いをするなと自分に言い聞かせる。気心が知れた幼馴染みという関係がこれほど厄介なものだとは思わなかった。

圭都は高鳴る心臓を懸命になだめながら平静を装って言った。

「いやありがたいけど、さすがに人気俳優にそこまでの迷惑はかけられないから遠慮しておくよ。ていうか、そんなことしたら俺、お前がいないと生きていけないみたいだろ」

「言ったな」

佑星がにやりと笑った。

圭都は目をぱちくりとさせる。「え?」

「迷惑云々の話は禁止だと言っただろ。口にしたから罰金な」

いきなり佑星の顔が近づいてきたかと思うと、チュッと頬に軽い音を立ててキスをされた。

あまりに突然すぎて圭都は固まった。数秒遅れて思考が回り始め、途端にぶわっと胸の奥からマグマのように熱が噴き上げてきた。

「な、な、何するんだよ……っ! 罰金って金のことじゃなかったのかよ」

「金より断然価値がある。よかったな、頬の温度もすっかり正常に戻ったみたいだ」

悪戯っぽく笑った佑星がしれっと言った。こいつ、病人を揶揄いやがって。圭都は紅潮した顔を伏せるようにして上目遣いに佑星を睨みつける。

彼の言う親友の定義とはなんなのだろうか。フランスにいた当時、アルファとの交流はなかったもののベータの友人知人はいた。その中にはスキンシップが過剰な人が割といて、日本人とはコミュニケーションの取り方がまったく違うのだと身をもって思い知らされた。

圭都はなかなか慣れなかったが、そういう意味では海外生活をしていた佑星も案外感化されたのかもしれない。とはいえ、子どもの時には気にならなかったことも、さすがに大人になってこの手のスキンシップを普通とは言わないだろう。

海外の芸能人セレブの間ではこれが通常なのか。そんなことを考えていると、佑星がふいに言った。

「別に……俺はそうなってくれても全然構わないんだけどな。俺がいないと生きていけなくなればいい」

思わず圭都は伏せた顔を上げた。

目が合った佑星はどうせまた冗談みたいな笑みを浮かべているのだろう。そう思っていた。ところがその端整な顔に一切の笑みはなく、ただただ真剣な眼差しに見つめられて、圭都の心臓はたちまち早鐘を打ち始める。

「……っ」

再び佑星の顔が近づいてきた。距離の近さに耐えきれず圭都は咄嗟に目を瞑る——。

スマホのバイブ音が鳴り響いた。

びくっとして圭都は目を開けた。佑星もはっと我に返ったように目を瞬かせる。

佑星が小さく息をつき、上着のポケットからスマホを取り出した。ベッドから腰を上げて耳に当てる。「もしもし？　ああ、どうも。いえ、大丈夫ですよ。お渡ししたものを確認していただけましたか……」

どことなく不機嫌な声を聞かせて部屋の外に出ていく。

一人になった途端、圭都は詰めた息を肺が空っぽになるまで吐き出した。

「び、びっくりした……」

また佑星にキスをされるのかと思った。それも今度は頬ではなく、唇に。

アレルギーの症状が出たわけでもなく、禁句を口にしたわけでもない。それなのにあの一瞬、空気が確実に変化したのが圭都にもわかった。

もし、あのままスマホが鳴らなかったら、佑星とキスをしていたのだろうか。

でも、なんのために？

理由のないキスは一体どこにカテゴライズされるのだろう。

昔はなんでもわかっていたはずの佑星が、今は何を考えているのかさっぱりわからない。

それでも、圭都が佑星を思う気持ちに変わりはなく、むしろますます膨らんでいるのが自分でも切ないくらいにわかった。

これが人を好きになるということか。

今まで避けてきた道で、自分には縁のない感情だと決めつけていた。まさかもう二度と会うはずのなかった幼馴染みと再会し、あまつさえこんな気持ちを抱くなんて思ってもみなかった。

相手の一挙手一投足に頬が熱くなり胸が苦しい。

だが、その初めて経験する胸の疼痛は不思議と嫌なものではなく、どこか甘さを伴ったもので、じんわりと体内に広がっていく甘酸っぱさに圭都は一人身悶えする。もしかして本当は佑星も……と、余計な期待が甘美に胸をくすぐる。

ふいに目の端に何かを捉えた。

フローリングの床に淡いピンク色をした長方形の紙片が落ちている。圭都はベッドの上から手を伸ばして拾う。

それが花柄の封筒だとわかった瞬間、咄嗟に息をのんだ。

それまでのふわふわとした甘酸っぱい気持ちに突然冷や水を浴びせられた気分だった。

封筒の表には綺麗な字で佑星の宛名が書いてあった。

裏返し、圭都は目を瞠る。

〈松宮志乃〉

見惚れるほどの美しい文字を見て、一瞬で夢から目が覚めた。


二日間の臨時休業を挟んで、〈クレフ〉は営業を再開した。

まだ佑星効果は続いており、ＳＮＳに営業再開の情報をアップすると、開店前から行列ができていた。

発送が遅れている通信販売用の商品をせっせと作る傍ら、店頭に並べた商品も飛ぶように売れていき、製造の手が回らない。販売担当の文哉も大忙しで心の悲鳴が聞こえてきそうだった。

再開してからしばらくは店を閉めた後も遅くまでひたすら配送用の商品を作る日が続いた。

途中から正式に惟月に頼み、発送や接客業務を中心にアルバイトに入ってもらった。飲食店で働いた経験があるようで、接客や会計作業は特に問題がなさそうで助かった。代わりに文哉には厨房の補助に入ってもらい、どうにか遅れていた分の作業を取り戻すことができたのだった。

その日も午後の早い時間には店に並べた商品がほとんど売り切れ状態になった。

ようやく客足が途切れて、圭都と文哉は一息ついているところだ。

惟月は午前中のみのシフトで、午後からはゼミがあるのだと大学に行った。

来月に佑星が出演するバラエティー番組が放送されたら、また店が混雑することが予想される。

愛想がよく器用な惟月を文哉は大絶賛しており、圭都も頼りにしていた。

惟月自身、佑星とはまた違ったタイプの女性受けする顔立ちをしているので、客からの評判はとてもいい。

しかし店頭で接客をしているのがあの梶浦佑星の実弟だと知られたら大騒ぎになるのは必至で、そこは圭都が責任を持って彼を守る必要がある。佑星にも迷惑をかけないように最善の注意を払っているつもりだ。

「店長、こっちの配送用のフィナンシェはもう箱に詰めちゃって大丈夫っすか？」

厨房から文哉が顔を覗かせた。

遅い昼食をとっていた圭都は慌てて読んでいた冊子を閉じて言った。「うん、お願い。十本入りの箱に詰めてもらえるかな」

「了解っす」と、文哉が厨房に戻る。

圭都はほっと胸を撫で下ろし、閉じた冊子を再び開く。

「敷金と礼金で家賃の三カ月分か。それに家賃の前払い分も合わせると、初期費用だけで結構かかるんだよな」

パラパラとページを捲りながらぼやく。コンビニで手に入れたフリーペーパーの不動産情報誌だ。間には、コンビニからの流れで立ち寄った、近所の不動産会社で紹介してもらった物件の情報を印刷した紙が挟んである。なるべく家賃が安くて店から近い場所を希望しているが、以前住んでいたアパートほど格安な物件はなかなか見つからない。

佑星にオメガだとばれた後、圭都は間借りしているマンションから出ていく覚悟でいたのだ。ところが急な発熱で寝込んでしまい、その話はうやむやになってしまった。

左手のギプスがようやく外れた佑星は、調整したスケジュールをこなすためにますます忙しく、分刻みで動いている。

圭都も連日朝早くに出かけて夜遅くまで店に残って作業をしていたので、佑星と一度も顔を合わせない日もあった。

正直その方が都合がよかった。

佑星をヒートに巻き込み、体を重ねてしまってから、圭都の感情は暴走していた。

佑星の帰宅が遅いのをいいことに、圭都は毎晩のように一人で部屋にこもって自慰をしている。

仕事で疲れてくたくたなのに、そうしないと眠れなくなっていた。

佑星が毎日持たせてくれるハンカチを使って、一人淫らな行為に耽っているのだ。

翌朝、ダイニングテーブルの上に置いてある新しいハンカチを見るたびに、圭都は後ろめたい気持ちに押し潰されそうになる。

佑星が毎日忙しい仕事の合間を縫って準備してくれるフェロモンを染み込ませたハンカチを、圭都は己の欲望を満たすために汚すのだ。恩をあだで返すとはまさにこのことをいうのだろう。

日に日に大きくなる佑星への執着が我ながら恐ろしかった。

花模様の封筒が頭をちらつくたびに自分でも制御できないくらい嫉妬した。

こんな圭都の気持ちを知ったら、佑星はどう思うだろうか。さすがにもう「親友だから」とは言ってもらえないだろう。もし、またヒートが起こったとして、その時に佑星を前にして理性を手放した自分が何をしでかすか想像がつかなかった。無意識に発情フェロモンを放出し、無抵抗の佑星に番にしてくれと迫りでもしたら取り返しがつかない。

これ以上の醜態を晒す前に、早くあのマンションを出よう。ばれて幻滅されて向こうから距離を置かれるよりは、先に自分の気持ちにけりをつけて佑星と離れる方がマシだった。

　この際、眠れる場所があればどこだっていい。

「店の経営は持ち直したけど、余分な金があるわけじゃないからな。先のことを考えるとなるべく使いたくないし……」

　店のドアベルが鳴った。

　文哉が客に応じる声が聞こえてくる。「申し訳ありません。今日はもうフィナンシェは売り切れてしまいまして」

「あら、そうなんですね」女性の声が言った。「実はしばらくここを離れる予定なので、最後に〈クレフ〉のフィナンシェを食べておこうと昨日から決めていたのだけれど、残念だわ」

　がっかりする声を聞いて、圭都は急いで売り場に顔を出した。

「あの、フィナンシェをいくつご希望ですか？　五本でしたら今用意できますけど」

「え？」と、すでに踵を返していた彼女が振り返った。すらりと背の高いロングヘアの若い女性だ。二十代半ばぐらいだろうか。淡いピンク色のニットと白パンツにピンクベージュのコートを羽織ったスタイルは上品さの中にも華やかさのある顔立ちによく似合っている。

　彼女がぱあっと顔を明るくして言った。「ぜひ五本ください」

「かしこまりました。少々お待ちください」

　圭都は文哉に目配せをする。一旦厨房に引っ込むと、圭都は取り置きしてあったフィナンシェの袋を文哉に渡した。

「いいんですか？　これ、梶浦さんの分じゃ……」

文哉がひそめた声で言う。実は今朝、すでに出かけた佑星からいつものハンカチと一緒にメモが残されていたのだ。そこにはマッチ棒を五本並べたような斬新なイラストとともに〈今日は早く帰れそうだから、圭都のフィナンシェが食べたい〉と書いてあった。

「そうなんだけど、本人が食べる用だし、事情を話せばわかってくれるよ。せっかく来てくれたお客様に食べてもらいたいから」

「そうっすね。わかりました」文哉が頷き、袋を持って売り場に戻った。取り出したフィナンシェを女性に確認してもらって、新しい袋に詰め直す。

その間、彼女は残り少ないショーケースを楽しそうにじっと眺めていた。その様子を見て、圭都はふと既視感を覚える。

彼女が圭都に言った。

「ケーキもいただいていいですか」

「もちろんです」

嬉しそうに微笑んだ彼女はショーケースに残っていたケーキ三つをすべて購入したいと言ってくれた。にこにことしていてとても感じのいい人だ。

「ありがとうございます。すぐにお詰めしますね」

圭都はケーキボックスを組み立てて手早くケーキを詰めていく。

もう少し早く来てくれれば、もっとたくさんの種類の中から選んでもらえたのにと申し訳なく思った。

会計を終えて、圭都は商品を持ち女性を店の外まで見送りに出た。

圭都がドアを開けて彼女が外に出る。

彼女が横を通り抜けた時、ふわりと甘い香りがした。香水だろう。そう思った次の瞬間、ふとこの香りをどこかで嗅いだことがある気がした。

どこだっただろうか。思い出せないまま圭都は商品を手渡し、「どうもありがとうございました」と伝える。

彼女がにっこりと微笑む。香水は思い出せなかったが、その笑顔には見覚えがあった。

「あの」圭都は思い切って訊ねた。「間違っていたら申し訳ございません。以前にも当店にお越しいただいたことがありませんか」

女性が僅かに目を見開いた。すぐににっこりと笑って言った。

「そうです。覚えていてくださったんですね」

「ああ、やっぱり」圭都も微笑んだ。「ケーキの写真を熱心に撮っていらっしゃった記憶が残っています。ご友人に写真を送りたいと仰ってらして」

確か半年ほど前のことだ。客足が伸び悩み、経営が傾きかけていた頃だった。客のいない店内で目を輝かせてじっくりと商品を吟味した後、スイーツ好きの友人にも教えてあげたいからケーキの写真を撮ってもいいかと訊かれたのだ。

何かを思い出すように彼女は一瞬遠い目をしてみせた。

「スイーツにとてもうるさい友人がいるんです。美味しそうなお店を見つけるたびに、情報交換をしていたの」

「そうなんですか。そのご友人の評価をお訊きするのは少し怖い気もしますが」

「とても気に入ったと喜んでいましたよ。いつもブツブツとこれじゃない、これも違うと文句を言っていたのに、このお店のケーキを食べた途端に黙り込んで、ひたすら夢中で食べていたわ」

彼女の言葉に圭都はほっと表情を和ませた。

「お口に合ってよかったです。当店のケーキをご紹介いただいていてありがとうございます」

「本当に思っていた通りの方だわ」

「え？」

にこにこと笑みを崩さないまま、彼女はハイブランドのバッグからおもむろに名刺入れを取り出すと、一枚を圭都に渡してきた。

受け取った名刺に記載された名前を見た瞬間、思わず息をのんだ。

「松宮……？」

そこには〈華道家　松宮志乃〉と書いてあった。

「その様子だと私のことをご存知なんですね」

圭都は顔をはね上げた。にこにことひどく愛想よく映っていた彼女の笑みが一瞬で何か得体の知れないものに変わって見えた。

志乃が弾んだ声で言った。

「私も店長さんのお噂はかねがね伺っていたんですよ。今、佑星さんと一緒に暮らしていらっしゃるんですよね？」

ぎくりとした。

佑星さんと呼んだ彼女の声に一瞬トゲがあったように聞こえて、圭都は声を失う。

同時に彼女の香水について思い出した。先日、佑星から香水の移り香がしたことがあったが、あれと同じ香りを彼女は纏っているのだ。

志乃がにっこりと微笑んだ。

「よかった。ずっとお話をしてみたかったんです。実は私……」

ピリリリッと甲高い電子音が鳴り響いた。

圭都は金縛りが解けたみたいにびくっと胴震いした。バッグからスマホを取り出した志乃が圭都に断って電話に出る。

仕事の電話のようだ。いくらか短い言葉を交わした後、通話を終えた彼女は「ごめんなさい」と圭都に向き直って言った。

「仕事でトラブルがあったみたいで、すぐに戻らなくてはいけないんです。あの、よかったらお名刺をいただけますか」

「え？　あ……は、はい」

圭都は慌ててコックコートのポケットをまさぐった。先ほど不動産会社に持っていったことを思い出し、急いで名刺入れを取り出す。焦って指が震える。危うく地面に中身を全部ばら撒きそうになりながらようやく一枚を取り出して志乃に渡した。

「……星森圭都さん。お噂はかねがね」

二度目のその言葉に圭都は血の気が引く思いだった。

噂とはなんだろう。佑星は圭都のことを一体どう彼女に伝えていたのか。

美しい花にはトゲがあるというが、志乃の言葉はいつしかちくちくと尖って圭都にぶつかってくるようだった。

女の勘というやつだろうか。

まるで圭都の秘めた想いを見透かした上で、宣戦布告されたような気持ちになる。

「またお会いしましょう。お話はその時にゆっくり。では今日はこれで失礼しますね」

店の紙袋を両手で持って志乃が会釈する。しゃんと背筋の伸びた美しい後ろ姿が去っていくのを、圭都は茫然と見送った。

なぜこのタイミングで彼女は店に現れたのだろう。

来店の本当の目的は、フィナンシェではなく圭都だったのだろうか。

佑星と同居生活を送っていることも知られていたし、圭都のことをよく知っているような含みのある口ぶりだった。

佑星さん。そう親しみを込めて呼ぶ彼女の声が頭の中でぐるぐると回っている。

佑星が圭都のことを彼女にどう話しているのか気になるが、そこに何か女性ならではの違和を感じ取ったのだとしたら。

彼女が圭都に向けていた感情は敵対心……。

「いやいや、そんなの戦う前から俺の負けが決まってるから」

圭都はボウルの中身をホイッパーで掻き混ぜながら自嘲した。

志乃は圭都がこのマンションで佑星と一緒に暮らしているのが気に入らないのだろうか。本来ならそこにいるのは自分なのよと、釘を刺しに来たのかもしれなかった。

佑星のことが好きだ。だからといって彼の幸せを壊すつもりは毛頭ない。

恋愛感情云々の前に佑星は圭都にとってもたった一人の親友であり、大事に思うからこそ相手の幸せを願い、その一方で困らせたくない、重荷になりたくないと思うのは自然な気持ちだった。

「早く出ていかないとな。家賃が少々高めでもこの際仕方ないか……」

ガチャッと玄関ドアが開く音がした。

圭都ははっとして即座に回想を切り上げた。

間もなくして佑星がリビングに姿を現す。

「ただいま。甘いにおいが玄関まで充満している。何を作っているんだ？」

鼻をくんくんとまるで動物のようにひくつかせながら佑星がマフラーを首から外す。

「おかえり」

圭都は泡立てた生クリームのボウルを横に置いて言った。「チーズケーキだよ。フィナンシェを譲ってもらったから、その代わりに」

佑星が嬉しそうに微笑んだ。

あれから佑星には事情を説明するメッセージを送っていた。客の正体については伝えなかった。

すでに焼き上がったスフレチーズケーキを今は庫内で落ち着かせているところである。

スフレとはフランス語で「膨らんだ」という意味で、材料にメレンゲを加えて焼いた菓子や料理のことを指す。膨らんだスフレを焼き上がってすぐにオーブンを開けると急激な温度差で萎んでしまうため、しばらく時間を置いてからオーブンから出すのが綺麗な形に仕上げるコツだ。

オーブンから漏れ出した甘いにおいが広いリビングダイニングキッチンに広がる。

深呼吸した佑星が、甘いにおいを胸いっぱいに吸い込んで顔を綻ばせた。

「食事はしてきたんだろ？　今ケーキを冷ましているところだから着替えてこいよ」

言った傍からセットしたキッチンタイマーが鳴った。そろそろいいだろう。オーブンを開けると、いつの間にか隣に佑星がいて一緒に中を覗き込む。焼きたてのチーズケーキを前に「おおっ、美味そうだ」と少年のような声を上げた。

「切り分けておくから早く着替えてこいよ」

再度言うと、佑星がわかったと子どもみたいに頷いていそいそと寝室に消えていった。

その間に圭都は切り分けたスフレチーズケーキに八分立てにした生クリームを添える。

着替えて手を洗った佑星がテーブルにつくのを見計らってケーキの皿を置いた。

待ちきれないとばかりに佑星がこちらを見てくる。待てを言い渡されて必死に尻尾を振ってアピールをしてくる大型犬みたいで、圭都は思わずプッと噴き出した。

どうぞと促すと、佑星がさっそくフォークを手に取る。いただきますと言って一口頬張り、じっくりと味わうように目を閉じた。

「美味い。口の中でしゅわっと溶ける感覚が懐かしい。焼きたてのあたたかいケーキを食べたのは久しぶりだ」

焼きたてのスフレチーズケーキはふわふわでチーズの味が濃厚だ。これをしっかり冷やすと、しっとりとして口に入れた瞬間ほろっととろける食感になる。焼きたてを味わえるのは作った者の特権だ。

佑星はあっという間に一切れ食べ終えると、自らもう一切れを皿にサーブした。

「太るぞ」

「圭都のケーキを食べられるならジム通いも苦にならない」

佑星が幸せそうにケーキを頬張る。

「昔から運動はあまり好きじゃなかったくせに、運動神経は抜群だったよな。体育祭とか球技大会とかいっつも佑星の取り合いだったもんな。男子はギャーギャーもめて、女子はキャーキャー騒いでたっけ」

「文化祭になると圭都は大人気だったじゃないか」

「ああ、模擬店ね。女子と一緒に家庭科室でドーナツを作ったな。男子にはいろいろ言われたけど」

菓子作りが趣味だと言うと、同級生の男子からはよく揶揄われた。当時は小柄で顔立ちも中性的だったので、余計にバカにされたのだ。

だがある日、クラスの中心的存在だった佑星が放った一言で状況は一変した。

——圭都が作ったスイーツは絶品だよ。食べさせてもらえないなんてかわいそうだな。

これみよがしに手作りのカップケーキを食べながら、佑星は淡々と圭都を揶揄うクラスメートを一蹴したのだった。

それから圭都に真っ向から厭みを言ってくる者はいなくなった。女子から家庭科部に誘ってもらって学校でも料理の腕を磨くことができたし、運動部の助っ人に引っ張りだこだった佑星は練習終わりに毎日家庭科室に顔を出して女子部員を浮つかせていた。

誰に対してもある意味平等だった佑星は幼馴染みの圭都と一緒にいる時だけ表情豊かに自然体でいたので、当時の圭都と佑星は周囲からよくセットにして扱われていた。圭都にとっても佑星の隣は居心地がよくて、一番自分らしくいられる場所だった。

あの時佑星がいなかったら、思春期でいろいろと思い悩んでいた圭都は周りの心ない言葉に傷ついて菓子作りをやめていたかもしれない。今の自分があるのは、佑星のおかげともいえた。

自分のことをわかってくれる誰かがたった一人傍にいるだけで、人は救われる。

圭都は佑星に救われたのだ。あの頃の圭都は確かに佑星のことを自慢のかけがえのない大親友だと思っていた。

佑星が圭都と別れ、引っ越していった祖父の家で孤独だった時、彼の心の支えになったのが志乃だったと惟月から聞いた。彼女のおかげで佑星は救われたのだろうか。

悔しい……。

ふいに明確な感情が圭都の中に湧き起こった。

当時の自分がそこにいなかったことがひどく悔やまれた。自分の居場所だったそこに自分ではない別の誰かがいることを想像しただけで無性に苛々する。醜い嫉妬心が抑えきれなくなる。

「圭都？　どうかしたのか、ぼーっとして」

フォークを持ったまま動かなくなった圭都を怪訝に思ったのだろう。はっと我に返ると、佑星がじっとこちらを見ていた。

「あ、ううん」圭都は慌ててかぶりを振った。「なんでもない。えっとごめん、なんの話だっけ」

佑星が言った。「明後日から仕事で一週間アメリカに行く話だ」

「ああ……そうだったな。うん、気をつけて行ってこいよ」

「俺がいなくても一人で大丈夫か？」

そんなことを真面目に訊かれて、圭都は思わず面食らった。

「だ、大丈夫に決まっているだろ。俺のことをいくつだと思っているんだよ」

焦って言い返すと、佑星が不満そうに言った。

「そうか？ 俺は一週間も圭都に会えないなんて寂しいけどな」

圭都は一瞬言葉を失った。たちまちぶわっと胸に熱が広がって、首筋を駆け上がってくるのがわかった。照れて真っ赤になった顔を見られたくなくて、急いで佑星から視線を外す。

なんでこの男はそういう意味深長なことを平気で口にするのだろう。冗談にしても今の圭都にはタチが悪すぎる。

勘違いするなと必死に自分に言い聞かせながらケーキを口に詰め込む。佑星の皿は再び空っぽになっていた。

「お茶をもう一杯飲むか」

「それなら俺が淹れるよ」口を動かしながら立ち上がろうとした圭都を、佑星が手で制した。

「俺が淹れるから、ゆっくり食べていろ」

機嫌よく鼻歌を口ずさみながら、佑星がキッチンに立つ。

何も訊かずにストレートティーを圭都の前に、自分の前にはミルクティーを置いた。甘いものを食べる時の圭都は紅茶に何も入れない。その習慣は紅茶を飲み始めた中学の頃からずっと変わっておらず、佑星がそれを今も覚えていたことに圭都はひそかに驚いていた。

あたたかい紅茶を口に含む。アールグレイの爽やかな香りが鼻に抜けた。

「……美味しい」

「こっちはイマイチだな。やっぱり圭都が淹れたミルクティーが一番だ」

佑星が顔を顰める。圭都は声を出して笑った。

圭都が佑星の好みを体が勝手に動く程度に覚えていたように、佑星もまた圭都の好みを当たり前みたいに熟知している。そんなことがこの上なく嬉しかった。

一方で、佑星はきっと志乃の好みもよく知っているのだろうとも思った。

ふいに厭みのないほのかな花の香りが鼻に蘇った。

移り香をもらうくらいだから、二人は手紙どころか逢瀬を重ねているに違いない。

昼間に志乃と会ってから、ずっと胸がもやもやしている。

はっきりさせたいという気持ちはある。本人の口から直接二人の関係を聞いたら、案外すっぱりと吹っ切れるのではないか。

そう考える一方で、やはり佑星の本心を知るのは怖かった。今の圭都には笑って彼の話を聞いていられる自身がない。

リビングでつけっぱなしのテレビから突然拍手が湧き起こった。

振り向くと、芸能人の結婚記者会見の様子が流れていた。

『アルファの島原《しまばら》さんとオメガの檜崎《ならさき》さんが、お互いを「運命の番」だと思った瞬間というのはどういう状況だったんですか？』

記者が質問する。アルファ男性が答えた。

『そうですね。もう出会った瞬間に比喩ではなく本当にビリッと体に電流が走りまして、僕の中のアルファの本能が絶対にこの人だと訴えてきたので――』

なんておあつらえ向きな話題だと思った。さりげなさを装い圭都は思い切って訊ねた。

「佑星もさ、やっぱり『運命の番』って意識したりするの？」

テレビに目を向けていた佑星がこちらを見た。目が合い、圭都はドキッとする。

「あ、いや、この人みたいにさ、アルファの本能が何か訴えてきたりするのかなって思って。ほら、俺たちそういう話をあまりしないし、親友としてちょっと気になったりもして……」

言いながら、ずるいなと思う。こんな時にばかり都合よく親友という言葉を使う自分が心底嫌だった。

佑星がティーカップを一旦テーブルに置いて言った。

「俺の気持ちは昔から変わっていないよ」

「え？」

「親友という言葉は便利だよな」

唐突に話が飛んだ。

圭都は困惑する。構わず佑星が続けた。

「俺はもうずっとその言葉を本来の意味で使っていない気がする」

「？　ごめん、全然話が見えないんだけど」

正直話を上手くはぐらかされた感がある。圭都は本気でわからず首を傾げると、佑星が困ったように微笑した。

「俺は親友という言葉が嫌いだって話」

「嫌いって……いつもお前が俺に対して言ってる言葉だろ。何それ、俺のことが嫌いって言いたいのかよ」

冗談めかして言うと、佑星は真顔で「まさか」と即座に否定した。

「圭都の傍にいるために『親友』が必要なんだ。昔、圭都が俺に言った言葉を覚えているか？」

問われて圭都はいよいよ戸惑う。返答を待たずに佑星が言った。

「俺が『圭都とずっと一緒にいたい』と言ったら、圭都はうんと笑って頷いて、『一生親友でいような』って言ったんだよ」

「…………」

圭都は記憶を探った。子どもの頃、確かに佑星とそういうやりとりを何度かした気がする。

だが、その何が問題なのかがわからない。

佑星が自嘲めいた笑みを浮かべて言った。

「あの言葉は、俺にとって呪いの言葉だった。親友ならずっと傍にいられるのだと喜ぶ反面、一生親友の枠から抜け出すことが許されない絶望感。いつでも触れられる距離にいながら、この線を越えたらすべてが終わりだと自分に言い聞かせて……毎日生殺し状態なのはさすがに辛かったな。それでも会えなくなるよりはずっとマシだった。アルファに生まれてきてよかったと思ったことなんて、圭都と再会するまで一度もなかったよ」

真っ向から真摯に見つめてくる佑星を、圭都は目を見開いて凝視した。頭が混乱して思考回路が上手く回らない。

「……え？　ちょっと待って、それってどういう――」

その時、二人の会話に割り込むようにしてインターホンの呼び出し音が鳴り響いた。

びくっとして圭都は続けようとした言葉をのみ込む。佑星が思い当たったように言った。

「石黒さんだ。そうだった、後で寄ると言われていたのを忘れていた」

椅子から腰を上げた佑星が急いでインターホンに応対する。石黒が部屋まで上がってくるらしい。

圭都はすぐさま我に返るとテーブルの上を片付け始めた。佑星は書斎に向かう。間もなくして玄関のチャイム音が鳴った。

書斎から出てきた佑星が玄関に急ぐ。すぐに石黒を連れて戻ってくるかと思ったが、なかなか現れない。どうやら玄関で話し込んでいるようだ。

圭都はコーヒーメーカーをセットして洗い物に手をつけた。何かしら動いていないと一人であれこれ考えてしまいそうで、無理やり思考回路を遮断する。

リビングに佑星が戻ってきた。

「圭都。悪い、ちょっと出かけてくる」

「え、今から？」

圭都は思わず壁時計を見た。もう十時に近い。

「事務所に呼び出された。遅くなるだろうから先に休んでいてくれ」

「ああうん、わかった。気をつけて、行ってらっしゃい」

「行ってきます」

玄関で待っていた石黒と一緒に佑星は慌ただしく出かけていった。

一人取り残された圭都は食器を乾燥機にかけた後、すぐにシンクの掃除に取りかかった。本当は明日も早いのだからさっさと風呂に入って眠った方がいいのだけれど、ずっと頭が沸騰したように熱くて今も軽い興奮状態が続いている。

何か自分はとんでもない勘違いをしていたのではないか。

頭の中でぐちゃぐちゃに絡まった紐がちょっとずつ解けていくような感覚があった。だけどそれは勝手に引っ張って正解なのか。また別の場所で絡まっていないか。切れた端と端を絡ませて都合のいい解釈に強引に結びつけようとしていないか。これ以上思考回路を働かせるとパンクしてしまいそうだ。しかし少し気を抜くとたちまち先ほどの佑星との会話まで記憶が巻き戻されるので、しばらく無心になって掃除に没頭した。

つけっぱなしのテレビから『今日のゲストは梶浦佑星さんです』と男性タレントの声が聞こえてきた。

反射的に圭都は手を止めた。テレビに顔を向けると、画面に佑星のアップが映っていてドキッとした。本人がそこにいるわけでもないのに、顔がみるみるうちに火照り出す。

放送中の番組は司会者の男性タレントがインタビュアーになってゲスト有名人と対峙する人気バラエティーだ。総集編でちょうど佑星が出演した回が取り上げられている。夏頃に収録したものなのか佑星は半袖を着ているし、髪形も今とは少し違う。人を選びそうなくすんだ紫のシャツを爽やかに着こなしているところはさすがだった。画面越しでもキラキラと眩しいほどのオーラが伝わってきて、胸をぎゅっと鷲掴みにされた気分になる。

男性タレントと佑星のやりとりに圭都はしばしば目が釘付けになった。

『以前、海外のインタビュー記事で「運命の番」についてお話しされていたと思うんですけど、梶浦さんは「運命の番」を信じる派ですか？』

『世間でいわれている「運命の番」の確率だとか定義だとかの話は置いておいて、僕自身がこの人がそうだったらいいのにと願った相手はいましたよ』

『えっ、そんなオメガのお相手がいらっしゃったんですか』

『これを言うとまたアルファのくせに厭みだとかおかしな方に取られる方がいらっしゃるかもしれませんけど、正直言って僕はバース性なんてどうでもいいと考えているんですよ。「運命の番」というのは本能で惹かれ合う部分が大きいと思うんですが、できれば本能よりも心を重視したいです。運命を感じる恋愛なんて一生に一度あるかないかですし、もし感じたのならその相手のバース性がなんだろうと関係ない。その運命を一生大事にしますよ。絶対に諦めたくはない。俺は諦めの悪い男なので』

『なんだかそんなお相手が現在進行形でいらっしゃるように聞こえてしまうんですが』

『……』

『ええっ、なんですかその意味深な笑みは！　これを見た視聴者のみなさんは大騒ぎしてますよ！』

11

結局、佑星は出かけたまま帰宅しなかったようだ。

圭都もベッドに入ってもなかなか寝つけず、うとうとしているうちに目覚ましのアラームが鳴ってしまった。

うっかり二度寝しそうになって慌てて家を飛び出し、出勤してからはいつものように粛々と働いた。

店の売り上げは順調に伸びている。予約注文は今も半年先まで埋まっており、最近は資金繰りに頭を悩ますこともなくなった。あれから金本との接触は一切なく、平和な日常を送っている。

最初はSNSきっかけで興味本位に来店した客が、商品を気に入ってリピーターになってくれるパターンも増えている。

日によって人数は変わるものの、開店直後は相変わらず混雑していた。

今日も午前は惟月が中心になって接客をし、文哉には厨房に入ってもらって二人で製菓作業を進めていた。

正午を過ぎて客足が途切れる。圭都は切りがいいところで作業を中断し、昼休憩に入った。

今日は午後からも惟月がシフトに入ってくれることになっている。

近所のベーカリーで買ってきた惣菜パンを三人で食べながら、雑談を交わしているところだ。

「もういっそ就職やめてうちで働かね？」

文哉のラブコールに、惟月が「えー、迷うなあ」と満更でもないような口ぶりで笑っている。

「店長、いけるかもしれないっすよ」と文哉。

「前途ある若者をたぶらかすなよ。惟月は商社に就職して、うちの店をどんどん宣伝して客を送り込む使命があるんだから」

「え、そうなの？」と惟月が初耳だとばかりにきょとんとする。文哉が「なるほど、それじゃあ仕方ないな」と納得した。

コーヒーのお代わりをしようと立ち上がった際に、椅子に置いたトートバッグが腿に当たって床に落ちた。ざざっと中身が飛び出る。

「あー、やっちゃった」圭都は嘆息してマグカップを一旦テーブルに置いた。

惟月がバッグの中身を拾うのを手伝ってくれ、その間に文哉は空いた三人のマグカップにあたたかいコーヒーを入れてくれる。

「ケイちゃん、引っ越すの？」

「え？」

顔を上げると、惟月が手に持った不動産情報誌をじっと見つめていた。

「あ、いや。それはコンビニに置いてあったから、なんとなく取ってきただけで」

急いで惟月の手から冊子を取り上げる。マグカップをテーブルに置いた文哉が割って入ってきた。

「そういえば、梶浦さんの手の怪我って治ったんですか？」

「うん、完治したって。ギプスも取れたし、もう問題なく使っているよ」

「同居の理由がアパートの水漏れと梶浦さんの怪我でしたもんね。もう一カ月ですっけ。もともと前のアパートも今月で引っ越す予定だったんすよね？」

「そうそう。いろいろ見ていたら、この辺りにもいくつか手頃な物件があってさ。まあ、前ほどの破格家賃じゃないんだけど」

「前のアパートは事故物件かってくらい安かったじゃないすか。まあ、おんぼろすぎてあの水漏れ騒ぎがあったわけですけど」

「おんぼろって言うな。この前、大家さんちの倉庫に置かせてもらっていた荷物の残りを引き取りに行ったら、もうすっかりアパートが取り壊されていてさ。今度は駐車場にするんだって」

「あー、まあそっちの方が管理しやすいですからね」

「大家さんが娘さんからSNSでうちの店が話題になっているのを聞いたらしくてさ。手土産に持っていったらめちゃくちゃありがたがられた。写真とか撮り出してさ、これまでも何度か差し入れしたけど、あんなに喜ばれたのは初めてだったよ」

「味は変わってないんですけどね。梶浦効果ってやっぱすごいんすね」

話は午後の仕入れの内容に移った。パソコンで発注書を作成していると、傍で配送用の包装紙の在庫を確認していた惟月がふと何かに気づいたように「あ」と言った。

「これケイちゃんの？」

「うん？」

パソコン画面から顔を上げる。床にしゃがみ込んだ惟月が手を伸ばし、ラックの下から黒色のポーチを引っ張り出した。

「ああ、うん」圭都は目を瞠る。「そう、俺の。そんなところに転がり込んでいたのか。全然気がつかなかった」

危かった。惟月が見つけてくれなかったらそのまま忘れて帰るところだった。

「ケイちゃんもこのパンダを持ってるんだ？」

「パンダ？」

惟月が言ったのはポーチにくっついているマスコットのことだ。GPS付きのパンダである。

「ああ、それね。もらい物だけど。……ん？　ケイちゃんも？」

引っかかって聞き返すと、惟月が頷いて言った。

「兄貴も同じパンダのキーホルダーを持っていたから。あ、でもよく見たら顔が全然違うかも。兄貴のはすっごい年代物で、もうボロボロだった気がする。それをずっと大事に持っていたんだよね」

「パンダのキーホルダー……？」

唐突に頭に閃くものがあった。

古いパンダのキーホルダー。佑星とお揃い。流れ星みたいにチカチカと瞬いた記憶が脳裏をすうっと過った。

その後もずっと脳裏で明滅を繰り返す記憶の断片にやきもきしながら、圭都は午後の営業を粛々とこなした。閉店後のもろもろの作業を猛スピードで片付けて、マンションに飛んで帰る。

もどかしい思いでスニーカーを脱ぎ捨てると、自分の部屋に直行した。

佑星はまだ帰宅していない。明日からは海外だし、相変わらず忙しそうだ。

トートバッグを床に投げて、クローゼットを開ける。

ハンガーにかかった服の下に段ボール箱が積んであった。大家宅の倉庫から運んできた荷物を引き取ってここに押し込んだままだ。忙しくて手つかずになっている。

段ボール箱を引っ張り出し、ガムテープを剥がす。順に中身を開けて、三つ目の箱をあさっていたところだった。古い菓子の缶が出てきた。

「あった、これだ」

見覚えのあるクッキーの赤い缶。

少し錆びついた蓋を開けると、中から思い出の品が出てきた。昔家族旅行の際に買ってもらった土産物や、アニメキャラクターの缶バッジに当時はまっていたカードゲーム、カプセルトイなど、おもちゃがたくさん詰まっている。まさに子どもの宝箱だ。

その中にパンダのキーホルダーを見つけた。

愛くるしいパンダのマスコットは少し色褪せておりデザインが古めかしい。これは確か小学生の頃、家族で遊園地に遊びに行った時にこづかいで買ったものだ。

最初に入った売店でパンダと目が合って、それから気になって仕方なかった。園内の他の土産物店もいくつか回ったが、わざわざ引き返して同じものを二つ購入したのだ。一つは自分用、もう一つは佑星用に。

懐かしい記憶が次々と蘇ってくる。

その翌日、佑星と一緒に通学路を歩きながら、圭都はポケットから取り出した小袋を渡したのだった。

——佑星、これやるよ。遊園地のお土産。

袋を開けてキーホルダーを取り出した佑星は軽く目を瞠った。圭都はニッと笑って言った。

——パンダかわいいだろ。佑星パンダ好きじゃん。母さんと一緒に作った動物クッキーもパンダばっかり食べてたし。

——あれは……あのパンダが圭都によく似てたから。

——俺、パンダ似じゃねえよ。

——だらけている姿がそっくりだった。目がちょっと垂れているところも。このパンダもよく見ると圭都に似ている。

――似てねえよ！　でもかわいいだろ。俺もお揃いで買ったんだ。ペンケースにつけてきた。学校に着いたら見せてやるよ。俺のは緑の蝶ネクタイだから。

紫の蝶ネクタイをつけたパンダを見つめて、佑星が嬉しそうに笑った。

――ありがとう、圭都。俺もこのパンダを圭都だと思ってずっと大事にするよ。

――だから、俺とパンダは全然似てないってば！

二十年も前の話である。そんな昔のやりとりをまるで昨日のことのようにまざまざと思い出して、圭都は思わず頬を和ませた。

「すっかり忘れていたな……」

キーホルダーをペンケースにつけて持ち歩いていたのはその後半年ぐらいだっただろうか。学年が上がってペンケースを新調すると、このパンダが妙に子どもっぽく思えてつけるのをやめてしまった。捨てるのは躊躇われて、宝箱のクッキー缶にしまったのだ。

あれからこの缶を何回開けただろう。引っ越しのたびに持ち運んでいたけれど、わざわざ蓋を開けて中身を見ることをもう何年もしていなかった。

ふと惟月の言葉が脳裏を過った。兄貴のはすっごい年代物で、もうボロボロだった気がする。それをずっと大事に持っていたんだよね。圭都が過去の思い出として缶にしまい込んだ後も、佑星はずっと手もとにこのパンダを置いていたのだろうか。ボロボロのパンダを眺めながら何を思っていたのだろう……。

圭都はしばらくの間ぼんやりとパンダのキーホルダーを見つめていた。

突如、回想を破るようにスマホの着信音が鳴り響いた。

瞬時に我に返った圭都は慌ててチノパンのポケットからスマホを取り出した。画面に表示された名前を見て危うくスマホを落としそうになる。佑星だ。

「も、もしもし？」

『もしもし、圭都？　まだ店か？』

佑星が低い声で口早に訊いてきた。背後でがやがやと人の声がする。

「いや、もう家に帰っているけど」

『よかった』と佑星が言った。『実は、明日の予定だったアメリカ行きが諸事情で一日前倒しになったんだ。これからすぐに空港に向かわないといけない。今から荷物を取りに一旦戻るが、時間がギリギリになりそうなんだ。手があいていたら、書斎にあるスーツケースをそのまま駐車場まで持って下りてきてくれると助かる』

「え、そうなのか。わかった、スーツケースを持って下りればいいんだな。他にはない？」

『とりあえず必要なものは全部詰めたから、スーツケースとその上に載せてあるバッグも一緒に持って下りてくれ。三十分後にはそっちに着くと思う。近くなったらまた連絡する』

「わかった。準備しておくから気をつけて」

電話を切り、圭都は急いで部屋を出た。書斎のドアを開けると、すぐ目につくところにスーツケースが置いてあった。ボディーバッグも確認する。

バッグを持ち上げた拍子にカチンと金具がぶつかる音がした。

見下ろすと、ハイブランドのバッグにどう見ても不釣り合いな不格好なキーホルダーがくっついていた。

ひどく見覚えのあるそのパンダのマスコットに、圭都は思わず目を大きく見開いた。

「こんなところにつけていたのか。しかも、思った以上にボロボロ……」

自分が今手に持っているものと比べても、明らかに一回りは縮んで形も崩れている。逆によくここまで持っているなと感動すらした。

定期的に手入れをしているのがわかる。経年劣化で色のくすみが目立つものの汚れているわけではない。パンダの特徴的な目もとや白黒の胴体、紫色の蝶ネクタイ等、ところどころ糸がほつれた感が見受けられるが、そのたびにきちんと手直しをした跡があった。

「これ、自分で縫ったのか？　あいつ裁縫なんてできたっけ。不器用なのに」

想像して、自然と頬が緩むのが自分でもわかった。ボロボロのパンダが、持ち主にとても愛されているのは一目瞭然だった。

佑星が今もこのキーホルダーを大事に持っていてくれることを知って、胸の奥がぎゅっと潰れた。嬉しくて、なぜだか泣いてしまいそうになる。

ふいにカタンと物音がした。

圭都は急いで目もとを拭って振り返る。

クローゼットのドアが半分開いていた。書斎の隣は圭都の部屋だ。先ほど向こうのクローゼットの段ボール箱をあさっていたから、その反動で何かが落ちたのかもしれない。

そう考えて、書斎のクローゼットを覗いた。寝室に広いウオークインクローゼットがあるため、こちらは物置に使っているようだ。洋服以外のものが収納棚にしまってある。

雑多に積み上げられたものの中にふと一際目立つ薄紫色の箱を見つけた。手前に置かれたその箱の下には淡いピンク色の紙が挟まっていて、美しい文字に目が吸い寄せられる。


〈お預かりしていたものをお返しします。

もう邪魔者はいないのだから、思う存分愛でることができますね。

あなたの宝物に私もいつかお会いしてみたいです。

松宮志乃〉

書き添えてあった日付は十年前のものだった。十年前といえば、佑星の父親が亡くなり、母親と弟と一緒に一色の家を出た頃だ。

急激に脈が速まるのを感じた。意味深な手紙だ。それも差出人は志乃。彼女が佑星から預かっていたものとはなんだろう。箱の中身が知りたい。もちろん、本人の許可なく他人の持ち物を探るのはよくないと頭ではわかっている。それでも衝動が抑えきれなかった。

圭都はごくりと唾を飲み込んだ。秘密を覗き見る背徳感の中、恐る恐る蓋を開ける。

箱に入っていたのは数冊のアルバムだった。

モノトーンのシンプルな表紙。見覚えがあるそれは、昔の佑星の部屋に並んでいたものだ。

懐かしい……。圭都は一番上のアルバムを捲った。思った通り、ポケットには圭都と佑星が一緒に写った写真が収まっていた。二人が初めて出会った保育園の頃から始まり、小学校、中学校三年生の夏辺りまで、数冊のアルバムにわたって思い出が集約されている。

これとまったく同じ写真を圭都もまた持っていた。先ほど開封したばかりの段ボール箱の中にアルバムも一緒に入っていた。

引っ越した後の佑星は、祖父の機嫌を損ねないよう過去の写真をすべて処分したと惟月に聞いていたから、まさかこんなところに隠し持っていたとは思わなかった。

「そうか、お祖父さんに見つからないように志乃さんに預けていたのか」

古いアルバムを眺めながら、何かがすとんと胸に落ちた気分だった。

写真もパンダのキーホルダーも。佑星の宝箱には圭都との思い出ばかりが溢れている。じわじわと胸の底からあたたかいものが広がり、急速に膨らんでゆくのがわかった。苦しいほどに心臓が高鳴る。

なぜかその時、昔佑星に言われた言葉が思い出された。

——俺は圭都のことを親友だなんて思ってない。

中学生だった当時はその言葉を額面通りに受け取ってひどいショックを受けた。しかし十三年経った今になって、ようやくあの時の佑星が本当は何を言いたかったのか伝わった気がした。

ふいにスマホの受信音が鳴り響いた。

佑星からのメッセージだ。もうすぐマンションに到着するとのことだった。

圭都は急いでスーツケースとボディーバッグを持って専用エレベーターに乗り込み、地下駐車場まで降りる。

間もなくして一台の乗用車が駐車場に滑り込んでくる。

運転席には石黒が乗っていた。後部座席から佑星が降りてきた。一日ぶりに顔を合わせて、俄に心臓の鼓動が大きくなった。

「悪いな、重かっただろ」

「これくらいたいしたことないよ。それにしても、また急なスケジュール変更だな。昨日も家に帰ってないだろ。ちゃんと寝たのかよ」

「移動時間に仮眠をした。飛行機の中で寝るよ。圭都にこれを渡しておきたくて」

佑星が紙袋を差し出してきた。受け取って中を覗くと、小ぶりのジッパー付き保存袋が入っていた。七袋それぞれに折り畳んだハンカチが一枚ずつ入れてある。

その一番上の保存袋を取り出して圭都は訊ねた。

「何これ？」

佑星が答える。「アルファアレルギー対策用の一週間分のハンカチだ。冷蔵庫に入れて保管しておくと染み込ませたフェロモンの効果が長持ちするらしいから、戻ったらすぐに冷蔵庫に入れて毎日一枚ずつ袋から出して使ってくれ」

真面目に説明されて、圭都は思わずプッと噴き出してしまった。

「なんだよ」と、佑星が怪訝そうに眉を顰《ひそ》める。

圭都は笑いを噛み殺しながら首を横に振った。

「いや、ちょっとびっくりして。寝る暇もないくらい忙しいくせに、俺のためにこんなにたくさん準備してくれてさ。すごく、嬉しいよ。ありがとう」

佑星が一瞬面食らったような顔をした。

「どうしたんだ、急に素直になって」

「急にってなんだよ。ひねくれ者みたいに言うな。俺はいつだって素直なんだよ」照れくさくてついぶっきら棒な物言いになってしまう。ふと佑星の服装に気がついた。「そういえば、今日も紫の服を着ているんだな。まあ似合ってるけど。そんなに紫が好きだったっけ」

「好きだよ」佑星が即答する。「緑も好きだけど」

胸の奥でぶわっと熱が膨らむ感覚があった。咄嗟に俯くと、自分の手もとが目に入る。くしくも保存袋に入っていたハンカチはボルドーと緑のチェック柄だ。

コンコンと運転席から石黒が窓を叩いた。

佑星が振り返り、車に向けて軽く頷いてみせる。

「そろそろ行かないといけない」

圭都も顔を上げて頷いた。「うん、気をつけて。また一週間後な」

佑星が名残惜しげに笑んで、スーツケースを引いて歩き出す。見送る後ろ姿を一瞬引きとめたい気持ちに駆られたが、圭都は急いで浮ついた気持ちを振り払った。ところがその時、佑星がぴたりと立ち止まった。どういうわけか早足で引き返してくる。

「圭都！」

「ど、どうした？　忘れ物か？」

訊ねると、佑星がいやとかぶりを振った。

「昨日は話が中途半端に終わってしまっただろ。帰ってから仕切り直そうと思っていたんだが、やっぱり今きちんと伝えておく」

正面に立ち真っ直ぐ見つめてくる真摯な眼差しに、圭都の心臓はいやが上にも高鳴った。

佑星が一つ息を吸って言った。

「俺は圭都のことが好きだ。もう何年も親友としてじゃなく、圭都のことを想い続けてきたんだ。離れている間もそれは変わらなかった。再会して、ますます自分の気持ちが抑えきれなくなった。俺はこれから先、圭都と親友以上の関係になりたい。俺と付き合ってほしい」

初めて聞くような胸に響く切羽詰まった声に、圭都は思わず言葉を失った。

びっくりした心臓がどくどくと脈打ち、激しさを増した鼓動が耳の奥でけたたましく騒いでいる。カアッと全身が熱を帯び、顔が真っ赤になっているのが自分でもわかった。

無言の時間が流れ、気持ちが急く。早く何か言わなくては――圭都が口を開いたその時、カカカンッと再び車の窓を叩く音がした。

はっと我に返った佑星が悔しげに顔を顰めた。

「慌ただしくてごめん。返事は戻ってから聞かせてくれないか」

「……あ、うん」

圭都はこくこくと頷く。佑星の肩越しにフロントガラスが見えて、中からじっとこちらを睨みつけている石黒と目が合った。圭都は咄嗟に目を逸らす。「あと」と、佑星が口早に言った。

「この後何が起きても、圭都には俺の言葉だけを信じていてほしい。全部片付いたらきちんと話すから。俺を信じてくれ」

「え？」

それはどういう意味だ。聞き返そうとしたそこへ、また急かすように窓ガラスが鳴った。そろそろ石黒の堪忍袋の緒が切れそうだ。さすがに佑星も悟って「それじゃ、行ってくる」と、圭都を見つめて言った。

「行ってらっしゃい」

佑星が微笑む。圭都も釣られて笑んで送り出す。石黒がトランクを開けて待っている。佑星は急いでスーツケースを引いて石黒に渡した。後部座席に乗り込む佑星の手もとで、ボディーバッグの横で揺れるパンダが目に入った。なんだか自分の代わりにその子が佑星に同行するようで妙な安心感を覚えた。

石黒が運転席に乗り込み、すぐに車が発進する。あっという間の出来事で、圭都は首を傾げながら遠ざかる車を見送った。

佑星が最後に残した謎の言葉の意味がわかったのは、その翌日のことだった。

世間を驚かす一大スクープとして、佑星と志乃の熱愛報道が週刊誌の一面を飾ったのである。

12

「『梶浦佑星、美人華道家と番婚へ――』って、この記事本当なんすか？」

文哉が素っ頓狂な声を上げた。

休憩中のロッカールーム、フットワークの軽い彼はわざわざコンビニまで一っ走りして買い込んできた週刊誌をまじまじと眺めている。

「さあ、どうなんだかな」

圭都は昼食のサンドイッチを頬張りながら気のない相槌を返した。

「店長、一緒に住んでるくせに、梶浦さんから何か聞いてないんすか？　朝からネットは大荒れっすよ。ロスだのなんだのって」

「知らないよ。大体、昨日から仕事でアメリカに行ってるし。俺がその記事を知ったのも、お前が朝一で電話をかけてきたからだもん」

文哉が期待外れだと言わんばかりに唇を尖らせた。「家に彼女が訪ねてくることとかなかったんすか？　美人華道家らしいっすけど、絶対いいところのお嬢様っすよね」

そのお嬢様を文哉は少なくとも一度は接客しているはずだが、ネットに上がっている着物姿の写真を見てもいまひとつ本人と結びついていないようだった。今度は手洗いから戻ってきた惟月を捕まえて同じ質問を繰り返している。

昨夜、マンションの駐車場で佑星と別れてからまだ半日ほどしか経っていない。佑星の熱愛報道はあっという間に広まって、朝からテレビやネットではその話題で持ちきりだった。佑星の知名度は言わずもがな、志乃も若手ながらその世界では新進気鋭の華道家として有名で松宮のバッググラウンドは周知の事実だった。志乃がオメガであることまで調べ上げたプライベートな記事まで上がっており、『ビッグカップル』『番婚』の無責任に煽り立てる文字が飛び交っている。

同じオメガの圭都には個人のデリケートな部分まで無神経に暴こうとする記事は不愉快以外の何物でもなかった。志乃が気の毒でならない。

それに……。

圭都はテーブルの上の週刊誌を横目に眺めながら溜め息をついた。

昨夜の佑星が別れ際に言い残した言葉を思い出す。彼は圭都にこの後何が起きても自分を信じてほしいと言った。おそらくこのことを指していたのだろう。あの時点ですでに佑星はこの記事が出回ることを知っていたのだ。

記事が表に出た背景には圭都が知らない事情がいろいろとあるに違いない。だが佑星が信じるなと言うのだから、この記事はデマだ。戻ってきたら本人が説明してくれるはずだし、そこは気にしていない。気になっているのは、昨夜佑星から受けた告白の方である。

佑星と次に会えるのは一週間後。カレンダーを数えればあっという間だが、今の圭都にとっては途轍もなく長い時間に感じられた。昨日旅立ったばかりなのに、もう戻ってこいと思ってしまう。早く佑星に会いたい。

ぼんやりとそんなことを考えていると、スマホのバイブレーションが振動した。

ふわふわとした思考が一気に弾けて我に返る。慌ててコックコートのポケットを探ってスマホを取り出すと、画面に知らない番号が表示されていた。誰だろうか？

「はい、星森ですが」

『もしもし、松宮と申します』

危うく耳に当てたスマホを落としそうになった。すぐ傍ではまだ文哉と惟月が週刊誌の記事についてあれこれ語っている。まさに噂をすればなんとやらだ。圭都は押し黙ったままごくりと生唾を飲み込むと、電話の向こう側から志乃が軽やかな声で言った。

『星森さん、今お時間大丈夫ですか？　お話ししたいことがあるのですが』

仕事を終えて、圭都は都内の老舗高級ホテルに向かった。志乃と待ち合わせたのはそこのティーラウンジだ。

完全予約制で、ドキドキしながらスタッフに訊ねると、すぐに案内された。志乃はすでに席について待っていた。

優雅に手を振る彼女はさすが生まれながらのお嬢様、この非現実的できらびやかな空間が他のどの客よりも似合っている。対して落ち着きなくきょろきょろと辺りを見回す圭都は完全に浮いていた。自分がこんなところにいていいものかと申し訳なくなるぐらいだった。

緊張気味に席についた圭都に、志乃がにっこりと微笑んで言った。

「星森さん、お忙しいのに急にお呼び立てしてごめんなさい。来てくださってありがとうございます」

「いえ、こちらこそ。こんな格好で来てしまってすみません」

ダウンジャケットの下もラフな服装とスニーカーだ。一方、自分より三つ年下の志乃は上品なネイビーのワンピースにヒール。品のあるナチュラルメイクは以前店で会った時よりも落ち着いた印象を受ける。

コーヒーを注文してスタッフが去った後、圭都は改めて志乃と向き合った。

「急にお電話をいただいたので驚きました」

「本当はずっとお会いしたかったのですけど、なかなかいいタイミングがなくて。勝手に会うと怒られそうですし、でも今なら敵も近くにいないので思い切って電話をかけてみたんです。それで、お願いしたものを持ってきていただけましたか」

「ああ、はい。ケーキの見本写真ですよね」

圭都はトートバッグからクリアファイルを取り出すと、挟んであった数枚の写真をテーブルに並べた。志乃から頼まれて持ってきた店の資料だ。

「こちらがうちの店で過去に注文を受けて製作したオーダーメードのデコレーションケーキになります。価格は大きさとデザインによって応相談になりますが」

「へえ、素敵」

志乃が興味深そうに写真を眺める。圭都はその様子を見ながら違和感を拭えずにいた。自分で言うのもなんだが、志乃レベルのセレブが注文するようなケーキではない。それこそここのホテルのパティシエに頼めば豪華なケーキをいくらでも作ってもらえるだろうに。圭都を呼び出したのは本当にケーキが目的なのだろうか。

注文したコーヒーが運ばれてきた。スタッフがいなくなると、志乃はさっそくコーヒーカップに口をつける。圭都も彼女に倣った。志乃が写真を一枚手に取って、「このお花のケーキ、すごく素敵だわ。ここはどうなっているの？」と訊いてくる。圭都はテーブルに身を乗り出して写真を覗き込もうとした。その時、志乃が声をひそめて言った。

「振り向かずに私の方を見ながら聞いてくださいね」

圭都は思わず目を上げた。目が合った志乃が軽く頷き、写真を指さしながら続けた。

「松宮の者が私たちを監視しています。佑星さんとの記事が出たので、お祖父様がご立腹なんですよ。佑星さんは今アメリカですし、本人との接触はさすがにないですけど、記者に目をつけられてしまいましたからね。一色家とは向こうの都合で二度も縁談を白紙に戻されている上に、今更佑星さんとこっそり会っていたなんて、お祖父様には寝耳に水だったでしょうから。まあ、そうなるようにわざと情報をリークしたんですけどね」

咄嗟に顔をはね上げた。ちらっとこちらを向いた志乃がにっこりと何か含みのある笑顔を向けてくる。

「今週の日曜、祖父の誕生日パーティーを開くんです」

「え？」

急に話が飛んで圭都はしばし混乱した。志乃がのんびりとした口調で話を続ける。

「先日いただいた〈クレフ〉のケーキ、どれもとても美味しかったです。そこで、星森さんには祖父の誕生日ケーキを作っていただきたくて」

「お、俺にですか？　そんな大事なケーキを？」

「はい、ぜひ星森さんに」

志乃が胸の前で両手を合わせて満面の笑みを見せる。彼女の本心がわからず戸惑っているうちに、また話があらぬ方へ飛んだ。

「実は今度のパーティーで、祖父は私に新しい婚約者をあてがうつもりなんですよ」

「婚約者？」

「ええ。でも、私にはもう心に決めた方がいるんですよね」

志乃が小さく息をつき、優雅な仕草でコーヒーを一口啜った。

「確認ですけど」圭都は念のために訊ねた。「その心に決めたお相手って、佑星ではないんですよね？」

志乃がきょとんとした。次の瞬間、さもおかしげに笑い出す。

「何を仰っているんですか、当たり前じゃないですか」

冗談じゃないと首を横に振った。

「あの人は私になんの興味もないですよ。初めて出会った時からたった一人に夢中なんですから。私は佑星さんからその方の話を延々と聞かされてきたんです。おかげで思い出を共有できるくらいにはお二人の過去に詳しくなりましたからね。迷惑な話です」

笑顔で早口に毒づき始めた志乃に圭都はたじろいだ。

「スイーツめぐりが私の趣味なのですが、偶然〈クレフ〉を見つけて、もしかしたらと佑星さんに知らせたのは私です。星森さんのお写真は飽きるほど何枚も見てきましたから、十代の頃とはお顔が多少変わっていても初対面でピンときました。佑星さんもずっと星森さんを捜していましたし、ちょうどその頃に星森さんが都内にいることを突き止めて急遽海外から日本に戻ってきていたんですよ。私が届けた〈クレフ〉のケーキを食べた瞬間のあの彼の喜びようといったらなかったです。ケイト、ケイト、ケイト、ケイト。ケイトに会いたい。ケイトの作ったケーキが食べたい。ケイトがたとえベータだとしても、俺の番は一生ケイトだけだ——本当におなかいっぱい、ケイトはもう聞き飽きた！」

「な、なんかごめんなさい」

溜まっていた鬱憤を晴らすかのような彼女の迫力に気おされて圭都は思わず謝った。同時に顔が燃えるみたいに熱くなるのがわかった。他人の口から明かされる佑星の異常なほどの執着ぶりが圭都の胸を鷲掴みにする。鼓動は一層激しさを増し、周囲の気温が一気に上がったような気がした。今の自分の顔は耳まで真っ赤に染まっているに違いない。

ふと何かに気づいたように志乃が言った。

「そのパンダさん、かわいいですね」

「え？」

彼女が指さしているのは圭都のトートバッグだ。持ち手には緑色の蝶ネクタイをしたパンダのキーホルダーがついている。「あ、いや、これは……」焦る圭都を楽しそうに眺める志乃はすべてお見通しのようだった。「よく似たパンダさんをどこかで見た気がします」と笑顔で言われて、圭都の顔はますます火を噴く。

「幸せそうで何よりです」

志乃は当初の清楚なイメージを自ら覆すような意地の悪い笑みをにやりと浮かべると、ようやく本題に入ったのだった。

「では星森さん。今度は私に協力してもらえませんか」

五日後、日曜日。

店は臨時休業にして、圭都は朝から厨房にこもって作業に集中していた。文哉と惟月も慌ただしく動き回っている。

今日は旧財閥の事業を受け継ぐ松宮グループ現会長、松宮松太郎《しょうたろう》の七十二歳の誕生日パーティーが行われる。その誕生日ケーキと立食用の焼き菓子各種を孫娘の志乃たっての希望で圭都に任されたのだ。

小さな個人店の一介のパティシエがそうそう携わることのない大仕事である。

パーティーは都内の会場を貸しきって行われる。結婚式場としても人気の施設で、最上階にあるイベントホールに午後四時までに品物をすべて搬入しなければならない。

志乃の依頼を受けてから、数日かけて誕生日ケーキの構想を練り、準備してきた。昨日の晩は遅くまで仕込みをし、今日は早朝から作業に取りかかった。何時間もかけて注文通りに作り終えた商品を、たった今志乃が手配した業者の車で会場に運び込んだところだ。

「まあ、どれも美味しそう！」

ケーキと菓子の最終チェックを頼んだ志乃が目を輝かせて言った。

「誕生日ケーキもすごく素敵。こういうシンプルだけど上品で繊細なのが祖父は大好きなんです。

きっととても喜んでくれると思います。私も以前に〈クレフ〉のケーキを生け花のイメージの参考にさせてもらったことがあるんですよ。やっぱりこのセンスが大好き。頼んでよかったわ」

「ありがとうございます。喜んでいただけで嬉しいです」

圭都はほっと安堵の息をついた。無事に納品を済ませて一つ肩の荷が下りたが、仕事はまだ終わっていない。

志乃の指示で誕生日ケーキが厨房に運ばれる。圭都たちはパーティー会場に移動した。大勢のスタッフが準備に追われる中、圭都たちもスタッフから説明を受けてすでにセッティングされたテーブルに焼き菓子を並べていく。

五時を過ぎると続々と招待客が集まり始めた。

圭都は志乃から電話をもらい、文哉たちに後を任せて一旦ホールを出た。彼女の指示に従って通路を急いでいた時だ。男性の話し声が聞こえてきた。

「今日のパーティーに梶浦佑星が現れるって話、本当なのか？」

圭都はぎくりとして思わず立ち止まった。そっと壁に寄って聞き耳を立てる。

「華道家の孫と結婚間近って話だけど、当の松宮家は何も聞いてなくて大騒ぎだったらしいぞ。特に松太郎会長が大反対で、実はこのパーティーの本当の目的は孫娘の婚約者をお披露目することらしい」

「梶浦佑星じゃなくて？」

「違う違う。なんでも旧華族、九条《くじょう》家の長男らしいぞ。あそこも日本屈指のアルファ一族だから、会長はずっと目をつけていたって話だ。梶浦もアルファだけど、会長のお眼鏡にはかなわなかったみたいだな」

「梶浦は今海外だろ？　さっき、ハリウッドで出演作の完成披露会見に出席している様子がネットで配信されてたけど」

「だからだろ。梶浦がいない間に熱愛報道を婚約発表で上書きしてしまおうって魂胆なんじゃないの。どうりで俺たちみたいな記者までこっそり紛れ込まされるわけだよ。もし、ここに梶浦佑星がいきなり現れて、お嬢様を連れ去ってくれたら面白いと思わないか？」

「そりゃ面白いけど、無理だろ」

「いや。それが実は、梶浦がすでに帰国しているって情報を入手した」

「マジで？　梶浦が本当にここに駆けつけたら特大スクープじゃないか」

会話を盗み聞きながら、圭都は詰めていた息をこっそり吐き出した。

どうやら松太郎の関係者だけでなく、無関係な雑誌記者まで紛れ込んでいるようだ。志乃が危惧していたように、今日のパーティーには別の目的があるらしい。

圭都はそっと引き返すと、志乃に言われた場所へと急いだ。

一階まで下りてスタッフ専用の裏口から外に出る。すでに日が沈みすっかり暗くなったひとけのない中庭の片隅に、よく知る長躯の後ろ姿を見つけた。俄に心臓が高鳴り出す。

そっと歩み寄り、ぽんと肩を叩いた。

「志乃、遅い……」

振り返った佑星がぎょっとしたように目を見開いた。

「圭都！　なんでお前がここに……っ」

シーッと圭都は人さし指を立てる。佑星が押し黙り、目で問いかけてきた。

「んー、なりゆきで？　そっちこそ帰国予定は明後日のはずじゃなかったのかよ。記者に嗅ぎつけられてたぞ。まあその話は置いといて、とりあえず志乃さんたちと合流しよう」

圭都は佑星を先導して建物の中に戻る。誰もいないのを確認しながら先に進み、一階フロアの奥に位置するチャペルに入った。志乃があらかじめ会場側にパーティーの余興の準備をすると話をつけて開けておいてもらったのだ。

静まり返ったチャペルには二つの人影が待っていた。

「あ、来たわ。こっちよ」

圭都たちに気がついた志乃が手招きをする。彼女の隣には初めて見る男性がいた。すらっとした志乃とそう背が変わらない四十路前の中肉中背の男だ。よく言えば人の良さそうな、悪く言えば少し頼りなさそうな優しい顔立ちをしている。瀬田孝志《せたたかし》と名乗った彼は志乃の恋人である。

初対面の圭都と瀬田が挨拶を交わすのを待って、佑星が志乃に向けて不満げに言った。

「志乃、なんで圭都がここにいるんだ。今回の件に圭都を巻き込まないと約束しただろ」

小首を傾げた志乃がしれっと答える。「あら、だって圭都さんの方からぜひ協力したいって言ってくださったんですもの」

「圭都さん?」と、たちまち佑星が声を低めた。ギロッと切れ長の目がこちらを向いて、圭都はわけもわからず慌てる。志乃からそんなふうに呼ばれるのは今が初めてだ。

「ねえ、圭都さん」

佑星の反応を楽しむかのように、志乃が再び圭都の名を口にした。圭都は居たたまれず佑星から目を逸らしてぼそっと答える。「えっと、まあ、なりゆきで……」

「せっかく協力すると言ってくれているのだから、お言葉に甘えましょうよ。計画の一部を変更したいの」

場を仕切る志乃が提案した。

彼女はこの後、瀬田との駆け落ちを実行する予定だった。

瀬田は松宮家に出入りしていた庭師で、志乃が小学生の頃に二人は出会ったという。彼はクラスメートとなかなか馴染めない志乃の話し相手になり、いつも励ましてくれたそうだ。次第に志乃は心優しい瀬田に想いを寄せるようになった。

ところが志乃は松宮家に生まれた希少種オメガで、家のために優秀なアルファと結婚してアルファの遺伝子を持つ子を産むことを期待されていた。そこに志乃の意思など関係なく、勝手に許婚を決められて絶望しかなかった。しかし、初めて顔を合わせた許婚に志乃は少しばかり興味を持った。なぜならその彼も志乃ではない別の誰かに恋をしていたからだ。

一色佑星はある意味同士だった。だが数年後、祖父同士の話し合いで佑星とは破談になり、代わりに彼の従弟との結婚話が持ち上がった。結局それもまた数年後には一色側から一方的に断られる羽目になる。松太郎は二度の破談に怒り心頭に発していたが、志乃は内心小躍りしていた。二番目の許婚は女癖が悪く、性格も横柄でいけすかない男だった。

ちょうどその頃、瀬田が転職を機に松宮家から離れることになった。志乃も大学卒業を控えており、思い切って彼に自分の想いを伝えた。

二人が付き合い出したのは、志乃が華道家として活動するようになってからのこと。しかし、しばらくして二人の交際が松太郎にばれてしまった。大事な松宮のオメガをどこの馬の骨か知らない凡人のベータにやるわけにはいかない。松宮家の妨害に遭い、志乃と瀬田は話し合って別れたふりをすることにした。松宮の目が届かないところで密かに計画を進め、そうして今回、彼らは一大決心をしたのである。

二人の計画に佑星が一枚嚙んでいるのを志乃から聞いて、圭都も協力することに決めたのだ。

「今のお祖父様の頭の中は佑星さんへの殺意でいっぱいのはず。孝志さんのことは片隅にもないに違いないわ」

志乃の言葉に佑星が「大迷惑だ」と一人ぼやく。それでも今の佑星の立場で多大なリスクを承知で彼女に協力するのは、家に縛られ振り回されてきた者同士、互いに通ずるものがあるからだろう。仕事のスケジュールを無理やり調整したのもこのためだと聞いた。

佑星が瀬田に車のキーを渡して言った。

「以前説明した場所に止めてあるので、そのまま空港に向かってください。預かっていた荷物は全部積んであります」

「ありがとうございます」と、瀬田がキーを受け取って頭を下げた。

二人が施設内の案内図を確認している傍らで、志乃が圭都に耳打ちしてきた。

「実は佑星さんの言葉ではっとさせられたことがあって――『ケイトがたとえベータだとしても、俺の番は一生ケイトだけだ』っていう、例のあれ」

耳もとで囁かれて、圭都は俄に顔を熱くした。

「私もね、孝志さんがアルファじゃなくたって構わないの。私が番になりたい相手はあの人だけだから。私がそう思えばそれが真実なのよ。ああでも、圭都さんはもうベータじゃなくてオメガなのよね」

バース性の変異は圭都自ら彼女に伝えていた。

「だったらもう二人は心も体も丸ごと番になれるってことだわ」

「ま、丸ごと番!?」

あけすけな物言いに圭都は狼狽する。志乃が楽しそうに笑った。

「佑星さんって、本当に圭都さんのことが大好きで大好きで仕方がないのよ。私はずっと傍で見てきたからわかるの。今の佑星さんはやさぐれていたあの時からは想像ができないくらい幸せそう。たくさんの拍手を浴びてレッドカーペットを歩いている時よりも、圭都さんの隣にいる佑星さんが一番輝いていて、見ているこっちまで幸せな気分になる。佑星さんが大事に守ってきた宝物をようやく手に入れることができて、私もすごく嬉しいのよ」

お互い幸せになりましょうねと、志乃が微笑む。圭都はふいに泣きそうになるのをぐっとこらえて微笑み返した。

バンッと両開きのドアが開いたかと思うと、会場から志乃が飛び出してきた。どよめきまでもがどっと外に溢れ出し、すぐに何人かが彼女を追いかけ始める。

圭都と佑星は壁の陰に隠れて待機していた。必死に走ってくる志乃の姿が見える。

志乃が通路の角を曲がった。直後、変装した圭都と入れ替わる。瀬田が控え室のドアを開けて待ち構えている。佑星がそこに肩で息をする志乃を押し込んだ。

「じゃあ、後は計画通りに。気をつけて、お幸せに」

「本当にありがとう。梶浦くんと星森くんも気をつけて」

ドアが閉まると同時に佑星が圭都の手を取った。「行くぞ」

「おう」圭都も頷き、佑星と手をつないで全速力で走り出す。

「おい、あれ梶浦佑星じゃないか？」と、背後から声が聞こえた。

「こっちだ！　梶浦佑星がいるぞ！」

誰かが叫び、カメラを持った男たちが一斉に追いかけてくる。

追っ手の様子を確認しながら佑星が気遣う声をかけてきた。「圭都、平気か」

「大丈夫、余裕。それよりウイッグが吹っ飛ばないか心配なんだけど」

足もとは最初からスニーカーを履いている。志乃はハイヒールを履いていたが、追っ手はそこまで気が回らないようだ。服も志乃がサイズ違いの同じものを用意してくれたし、後はウイッグを装着すれば、全速力で走る後ろ姿を見て別人と気づく者はいないだろう。

ただ、風を切って走ると長いウイッグが持っていかれそうになる。

頭を押さえながら、佑星の足を引っ張らないように必死に走った。

最上階の五階から東館と西館の階段とエスカレーターを交互に駆け降りる。追っ手を引きつけるために端から端まで通路を駆け抜けて足がもつれそうだった。

二階のエレベーターホールを横切り、階段に差しかかる。

その時、佑星がいきなり圭都のウイッグを引っ張った。びっくりする圭都の頭からウイッグが外れて、佑星がそれを宙にポーンと放り投げる。

「おい、何してるんだよ」

「いいから、あの通路を曲がるまで走れ」

突然短髪になった圭都を見た追っ手から声が上がった。階段に残されたウイッグを拾った誰かが叫ぶ。「松宮のお嬢様じゃない、偽者だ！」

目指した通路を曲がってすぐに、佑星に手を引かれて大きな花台の裏に身を隠した。

直後、花台の前を数人の足音が駆け抜ける。「あの二人はどこに行ったんだ？」「片方は梶浦佑星だっただろ？　もう一人は誰だ？」「松宮志乃はどこに消えたんだよ」

圭都は懸命に息を殺した。隣で佑星も肩で息をしながら辺りをうろつく男たちの様子を窺っている。

ふいに鼻がむずむずした。まずい――圭都は咄嗟に佑星のシャツを引っ張った。振り向いた佑星に圭都はひそめた声で告げた。

「近くにアルファがいる」

パーティー会場には招待客のアルファが何人もいた。圭都も用心して着替えるまではハンカチマスクをしていたが、さすがに今は外している。

ここでくしゃみをしたら記者に気づかれてしまう。

必死に我慢していると、突然横から手が伸びてきて顎を掴まれた。くっと上を向かされたと同時に佑星が覆い被さってくる。唇をきつく塞がれた。

「……っ、ふ……っ」

すぐにくちづけが深くなる。舌を甘く搦め捕られる中、花台の向こう側で誰かの叫ぶ声が聞こえた。「そっちも梶浦佑星の偽者だ。本物は三階にいる」「二人は三階だぞ！」

周囲がざわつき、「おい、急いで三階に戻るぞ」と、数人の足音が引き返していった。

ひとけがなくなったのを確認して、佑星が名残惜しそうに圭都からゆっくりと離れた。

「どうだ？　アレルギーは治まったか？」

優しい声に問われて、目を潤ませた圭都は息を弾ませながらこくこくと頷く。くしゃみは止まったが、今度は別の情動が体の奥でぽっと炎をともすように目覚める感覚があった。

佑星がほっとしたように息をつく。

「さっきの声、聞き覚えがあるな」

「……たぶん文哉と惟月だと思う」

協力者が多いに越したことはないと、志乃が久しぶりに再会した惟月と、一緒にいた文哉まで巻き込んだのだ。おかげで記者たちは偽情報に釣られて去ってくれた。

佑星が驚き、呆れたように言った。「あの二人もここに来ているのか」

志乃から誕生日ケーキを頼まれたことを話すと、更に大きな嘆息を漏らした。

「俺の知らないところでいつの間に彼女とそんなに親しくなったんだ」

「お前が俺のことを志乃さんにあれこれ話すからだろ。もう俺の名前は聞き飽きたって逆ギレされたんだぞ」

言い返すと、佑星が話が見えないとばかりにきょとんとする。説明を求められたが、圭都はかえって恥ずかしくなり適当にごまかした。

「そういえば」と、佑星が思い出したように言った。「俺も惟月から気になるメッセージを受け取ったんだが。引っ越すつもりで物件を探しているというのは本当なのか？」

唐突に問われて圭都は思わず押し黙った。咄嗟に目が泳ぎ、それを見逃さなかった佑星がたちまち怖い顔をして詰め寄ってきた。ただでさえ狭い場所なのに顔がくっつくほどの距離で睨みをきかせてくる。

「いや」圭都はたじろいだ。「あれはその……」

「出ていかないよな？」

佑星が圭都の声に被せるようにして言い放つ。「絶対に出ていかせない」

執着心むき出しの言葉にぞくっと背筋が痺れた。脈拍が一気に速まり、みるみるうちに頬に朱が広がっていくのが自分でもわかる。逸る鼓動を感じながら圭都は答えた。

「で、出ていかないよ」

「本当だな？」

訝るように問い詰められて、少し考えた圭都は観念して打ち明けた。

「……正直言うと、少し前まではそのつもりだった。志乃さんと手紙のやりとりをしてるの知ってたし、惟月からも佑星と志乃さんは昔から仲が良かったって聞いてたから。許婚関係は破談になっても、二人の関係自体は続いていてもおかしくないなって思ったんだよ。その場合、俺がい

つまでもあのマンションにいたら迷惑になるだろ。だからまあ、物件探しをしていたのは本当」

不動産情報誌を惟月に見られたのは誤算だった。口止めしておけばよかったが、あやふやに話が終わってしまったので、惟月もそこまで気にとめてないものと思い込んでいた。それから主都自身いろいろ考え直すことが多くて、引っ越しの話自体すっかり忘れていたのだ。まさかここで佑星に掘り返されるとは思わなかった。

佑星が不本意だとばかりに顔を顰めて、きっぱりと言い切った。

「俺と志乃はお前が心配するような関係じゃない」

「うん、それはもう十分わかってる。だから、勝手に誤解して一人で突っ走りそうになっていた自分を反省しているというか……」

手紙のやりとりの件も志乃から事情を聴いた。以前、瀬田との交際がばれた時には、志乃の行動が松太郎に筒抜けになっていたという。後からスマホを監視されていたことを知ったそうだ。そのことがあったので、念には念を入れて今回はスマホと手紙を使い分けていたという話だった。ちなみに佑星に送った手紙の内容は駆け落ち作戦についてと瀬田とのノロケ話だったそうだ。

一瞬遠い目をした佑星が訥々《とつとつ》と語り出した。

「志乃と連絡を取り合うようになったのは二年ほど前で、仕事でフランスに訪れた際に偶然再会したのがきっかけだった。向こうは当時開催していた日本芸術の祭典に華道家として参加していて、瀬田さんも一緒だったんだ。一色家との婚約がまた破談になって、もう家に振り回されるのはうんざりだと言っていた」

佑星も彼女の気持ちは痛いほど理解できた。それからしばらくして志乃から瀬田との交際が松宮にばれたと連絡があった。それでも彼と別れるつもりはこれっぽちもないと言い張った彼女の一途な気持ちに、自分も強く共感したのだと佑星は話した。

「松宮の家と縁を切って、瀬田さんと二人で生きていくことに決めたから協力してくれと頼まれたら、俺も断る理由がなかった。彼女には幸せになってほしい」

噛み締めるように言った最後の言葉がすべてだろうと、隣で黙って聴いていた圭都は思った。志乃と出会ってまだ日が浅い圭都も彼女には幸せになってもらいたいと切に願う。

「もう十分時間稼ぎはできたんじゃないか？」

佑星が腕時計を見て言った。

「無事に出国できるといいな」

「ああ。大丈夫だろ、あの二人なら」

圭都もほっとしてようやく肩の荷が下りた気分だった。

ふいに視線を感じて、圭都は隣を向いた。佑星がじっとこちらを見つめていた。

「な、なんだよ」

「やきもちを焼いてくれたのか？」

唐突にそんなことを言われて、圭都は言葉を失った。「な——っ」焦って口をぱくぱくとさせながら、たちまち顔が火を噴く。

おそらくゆでだこのように真っ赤になっている圭都の顔を見つめて、佑星がなんとも言えないほど嬉しげに破顔した。そんな笑顔を見せられたらちゃかすこともできない。

「……そうだよ。志乃さんにやきもちを焼いたよ。悪いかよ」

佑星の笑顔が一層甘くとろけた。

「いや、全然。すごく嬉しい」

少年のようにはにかんで笑う佑星を見て、圭都の心臓は切ないほど高鳴り出す。

佑星が僅かに目を伏せて言った。

「俺はずっと前から、その何百倍も圭都の周囲にやきもちを焼いてきたんだ。実は美浜くんにもちょっと嫉妬した。俺と再会するまで圭都の秘密を唯一知る男だったんだからな」

文哉へのずれた対抗心を白状されて、圭都は思わず笑ってしまった。

「そんなに俺のことが好きかよ」

照れくささを隠すようにぶっきら棒に問うと、一瞬目を瞠った佑星がふっと笑んで言った。

「当たり前だろ。そう伝えたじゃないか。好きだよ、圭都のことがもうずっと大好きだ」

「――っ」

飾り気のない純粋な愛の告白に胸が甘くよじれた。駐車場で聞いた時よりも鼓動はいくらか穏やかだが、その分込み上げてくる感情を抑えきれない。

ふいに佑星が大切な宝箱を開けるようにして訊いてきた。

「覚えているか？　俺たちが星森家の隣に引っ越してきて、初めて会った時のこと。圭都は俺にいきなり握手を求めてきたんだ。距離の詰め方が独特で、人見知りの俺の手を取って無理やり握手してきたからびっくりした。でも、あれが自分でも思いのほか嬉しかったんだよ。真っ直ぐに俺のことを見て、『よろしくな、佑星』って笑ってくれた。あの時、この子と友達になりたいと思ったんだ」

圭都も記憶を辿る。初めて会った時の佑星の印象は、王子様みたい、だった。綺麗な顔立ちをした大人びた雰囲気の子だった。ところが圭都から強引に握手を交わして、佑星のすまし顔が崩れた瞬間、その印象は一変した。屈託なく笑う佑星を見て圭都も思ったのだ。彼と友達になりたい、と。

「俺は物心ついた頃から一色の祖父に、アルファでない人間には価値がない、誰にも相手にされないから生きている意味がないと散々言われてきたんだ。一色の家から引っ越した後も、ずっとその言葉が頭から離れなかった。まだバース検査を受ける前だったから、もし自分がアルファでなかったらどうしよう、価値のない人間だったら周りの人たちをがっかりさせるんじゃないか。そんなことばかり考えていた。今思うとくだらない偏見だが、保育園児だった当時はアルファ至上主義者の祖父の言葉が絶対だったんだ。圭都とせっかく仲良くなっても、もし俺がアルファじゃなかったら、一緒にいても圭都にはなんの得にもならない。圭都もすぐに俺から離れていくんじゃないかと考えるのが怖かった」

そういえばと圭都も思い出した。昔、いつもみんなの輪から外れて一人でいる佑星に一緒に遊ぼうと話しかけた時、彼はおかしなことを言っていたのだ。自分は価値のない人間かもしれないから、一緒にいても得しないよと。

佑星が問うた。

「あの時、卑屈な俺に圭都はなんと言ったか覚えているか？」

当時の記憶がおぼろで、圭都は首を横に振る。佑星が「こう言ったんだよ」と教えてくれた。

——価値がないなんて誰が決めたんだよ。得とかよくわかんないけど、俺は今、目の前にいるこの佑星と友達になりたい。俺がそう思うんだから佑星は価値がありまくりなんだよ！

「嬉しかった。アルファだとかオメガだとか、記号で決めずに俺という個人をちゃんと見てくれる圭都のことをもっと知りたいと思った。その気持ちが友情を超えた別のものになるまでそう時間はかからなかったけど」

「……片想いに年季が入りすぎだろ」

ぼそっと呟くと、佑星がふっと小さく笑んだ。

「一途だと言ってくれ。ようやく長年想い続けてきた自分の本当の気持ちを伝えることができたんだ。できればそろそろ『親友』の呪縛を解いてもらいたいんだが——圭都の返事を聞かせてもらえないか」

真摯な眼差しに見つめられて、圭都はぶるっと軽い胴震いをした。

途端に心臓がどくどくと鳴り出す。頬は熱く、脈が一気に速まるのを感じながら、圭都はずっと心の中で叫んでいた言いたくてたまらなかった言葉を口にした。

「俺も佑星のことが好きだよ。これからは親友じゃなくて、こ、恋人として付き合っていけたらいいなって思ってる」

佑星が大きく目を見開いた。直後、今にも泣き出しそうな表情をしてみせる。

圭都の中にぶわっと胸の奥から突き上がってくる情動があった。たまらず両手を伸ばし、佑星を抱き寄せる。佑星の逞しい腕が背に回り、圭都をきつく抱きしめてきた。

「圭都、好きだ」

「うん」

「圭都と番になりたい」

「うん。今初めて、オメガになってよかったって思ったよ。俺も佑星と番になりたい」

見つめ合い、むせ返るような甘ったるい空気に思わず二人して笑みを零した。どちらからともなく顔を寄せて唇を重ねる。

ゆっくりと名残惜しそうにくちづけを解き、佑星が離れた。

「……ぁっ」

息を弾ませながら圭都はもぞりと内腿を擦り合わせる。

「どうした、まさかまたアレルギーか?」

圭都の異変を察して佑星が咄嗟に花台の外に視線を向ける。しかし圭都はそうではないのだと佑星のシャツを引っ張って振り返らせた。

「アレルギーじゃなくて……」

徐々に息が上がり、知らず上目遣いになって佑星に潤んだ視線で訴える。全身が火照り、特に下腹がどんどん熱くなっていくのがわかった。

佑星がしきりに内腿を擦り合わせる圭都の仕草を見下ろし、ごくりと喉を鳴らす。

「――ヒートか」

頬を紅潮させた圭都は熱い息を吐きながら頷いた。


タクシーに乗り込み、パーティー会場からほど近い外資系の高級ホテルに向かった。

女装したままの圭都を佑星が抱きかかえるようにして正面エントランスとは別の通路から入る。佑星の知人だという年配の総支配人が待っていて、二人を専用エレベーターに乗せた。来日したハリウッドスターなどのVIP客が使う、いわゆる裏口入場である。

誰にも会わずにVIPルームに到着し、部屋に入るともつれ合うようにしてベッドルームになだれ込んだ。

キングサイズのベッドに乗り上げる。

キスを交わしながら互いの服を脱がせ、一糸纏わぬ姿になった圭都をすぐさま佑星が押し倒してきた。

「圭都、好きだ……」

長年溜め込んできた情熱をすべてぶつけるような激しいくちづけを、圭都も自ら舌を差し出して受け入れる。短い息継ぎを挟みながら、何度も口腔を蹂躙された。

「ずっとこうしたかった。夢みたいだ」

「……んんっ」

再び唇を塞がれる。圭都も同じ言葉を返したかったが、それも許されずひたすら佑星に唇を貪られた。

アロマのように強制的に性欲を煽られるのではなく、ただただ互いがほしくて身も心も求め合う。それがどれほど幸福なことか、圭都は初めて知った。ヒートの影響よりも心に強く突き動かされている自覚があった。佑星が愛しくてたまらない。だから彼のすべてがほしいのだと全身の細胞が訴えている。

熱い舌で口腔の奥深くまで探られて、脳髄が甘く痺れた。伸しかかる佑星の体重を全身で受け止めながら圭都はこれ以上ない幸せな気分に浸っていた。

「……ふっ……んぅ」

唇が腫れるほどの熱いキスを交わしながら、下半身の疼きも最高潮に達する。

ねだるように腰を浮かせると、佑星の荒々しく猛ったものに当たった。ピクッと一瞬震えた佑星がキスを中断して圭都を見下ろしてくる。

情欲に濡れた瞳にぞくりとする。

もっと佑星がほしい。腹の底に溜まった欲が抑えきれない。体の奥深くまで、圭都を丸ごと奪い尽くすようにして佑星で埋めてほしい。何も考えられなくなるくらい激しく抱かれたい……。

想像しただけで、後ろがどろりと濡れるのがわかった。

無意識に腰を揺らし、上目遣いに訴えると、頭上で佑星がごくりと喉を鳴らした。

導かれるかのように顔を寄せてきた佑星が圭都の耳朶に軽く歯を立てる。

「圭都、大好きだ……」

鼓膜に直接吹き込むみたいにもう何度目か知れない愛の言葉を囁かれて、圭都はくすぐったさに身をよじった。見上げて微笑む。

「うん、知ってる。俺も大好きだから」

見下ろしてくる佑星が一瞬泣きそうな表情を浮かべた。

ああ、またこの顔だ。圭都は思う。最初にこの表情を見たのはいつだったか——熱でぼんやりとする頭で記憶を手繰り寄せると、ふと保育園児の佑星が脳裏に浮かんだ。

自分は価値のない人間かもしれない。だから一緒にいても得することはない。そう大人びた物言いで佑星が話して聞かせたあの時だ。それを圭都が子どもながらに一蹴すると、佑星は今みたいに泣きそうな顔をして笑ってみせたのだった。

当時を思い出した途端、ぶわりと胸の奥で何かが膨れ上がるのを感じた。

あの今にも泣き出しそうな顔は、嬉し涙を必死にこらえようとする感極まった寸前の表情なのかもしれない。

いとしいなと思う。佑星が泣きたいほどにいとしくて、圭都は衝動的に両手を伸ばすと彼を抱きしめた。

ピクッと裸の背中が僅かに震えた。直後、佑星も強い力で圭都を目いっぱい抱き返してくる。

抱き合った瞬間、脳が痺れるほどうっとりするような甘いにおいが鼻腔をくすぐった。

アルファの強烈なフェロモンの中にもどこか懐かしいにおいが混じっていて、それは圭都が幼い頃からよく知る全細胞に刷り込まれた佑星のにおいだった。

新しいにおいと懐かしいにおいが入り交じった佑星は、むしゃぶりつきたくなるほど魅力的だった。本能に従い、圭都は佑星の顔に自分の顔を寄せてくちづける。

すぐさま佑星が主導権を取り戻そうと圭都の舌を搦め捕り、押し返してきた。そのまま圭都の口内に舌を潜り込ませると噛みつくような激しいキスで攻められる。

「ふっ……ぅん」

荒々しい一方で、優しく繊細なくちづけに脳が痺れてくらくらした。

舌を絡ませるたびに濃密なフェロモンが押し寄せてきて、圭都のフェロモンと混じり合ったそのにおいはたまらなく甘美だった。全身を甘い毒に浸されて快楽の渦にのみ込まれていくような錯覚に陥る。

早く……っ、今すぐ佑星がほしい……。

圭都は明確な意図を持って腰を揺らめかせた。先ほどから腹筋に当たっている硬く張り詰めた逞しいそれを受け入れる瞬間を想像する。ぞくっと身震いすると、呼吸を荒らげた佑星の目が獲物を前にした獣のように鋭く光った。

次の瞬間、佑星が圭都の太腿を割って、猛った切っ先を尻の狭間に擦りつけてきた。後孔はすでにどろどろにぬかるんでいて、今か今かとはしたなくそれを待ち構えている。先走りで濡れた先端で入り口の粘膜を捲られ、ぐちゅりと互いの体液が混ざり合う。

ぐっと佑星が腰を打ち込んだ。

興奮状態の圭都の後孔は凶器のように反り返った佑星の屹立を難なくのみ込んでいく。

「あ、ああ……っ」

最奥まで一息に貫かれる。直後、圭都はあっけなく精を放った。

「……っく」佑星が熱い息を吐き、辛そうに呻いた。「悪いが……優しく、してやれそうにない。俺も……限界だっ」

達したばかりで敏感になっている最奥を佑星がずんと突いた。膨らみきった劣情は到底一度の吐精で収まるはずもなく、圭都は胸を反り返らせて喘ぐように言った。

「んっ、いいよ……っ、めちゃくちゃにして、いいから……早く……っ」

動いてとねだるより早く、佑星が腰を深く突き入れてきた。

肌がぶつかる音が鳴り響き、潤んだ奥に強烈な衝撃が与えられる。すかさず激しい律動に揺さぶられ、圭都はあられもない声を上げて淫らに腰を振った。

「夢みたいだ……っ」

佑星が感極まったように再びその言葉を口にした。

夢じゃないと、圭都はしがみついた佑星の背中に爪を立てる。また一段スイッチが入ったように佑星の動きが一層激しさを増す。

ようやく佑星と心も体も一つになれた喜びと、絶え間なく押し寄せてくる快楽の波に溺れそうになりながら圭都は告げた。

「佑星……ここ、噛んで……っ」

腰をくねらせながら襟足を掻き上げて、自分の項を佑星に向ける。

佑星が息をのむのがわかった。「いいのか？」

何を今更と思いながら、圭都は頷いた。

「佑星に噛んでもらわなきゃ困る。俺たち番になるんだろ？」

佑星が大きく目を見開いた。そしてまた、あの今にも泣き出しそうな表情を浮かべる。

「ああ、番になりたい。圭都と番になってずっと一緒にいたい」

後ろに埋め込まれていた屹立がずるっと引き抜かれた。佑星が切羽詰まった手つきで圭都の体を反転させる。

腰を高く突き上げる格好にさせられたかと思った直後、尻の狭間に再び熱杭を捩じ込まれた。

「ンあっ……！」

すぐさま激しい抽挿が再開されて、圭都は目がくらむような快感にのみ込まれていく。

「圭都、一生大事にする。もう絶対に手放すつもりはないから覚悟してくれ」

「うん、俺も……あ――っ」

項に鋭い痛みが走った。やわらかい皮膚にギリギリときつく歯が食い込む感覚に全身の血液が沸騰したように熱くなる。

目の前に火花が散った。佑星に貫かれながら何度も項を噛まれて圭都は声にならない悲鳴を上げた。心臓が早鐘を打ち、射精感が恐ろしいほどの勢いで押し迫ってくる。

二度目の絶頂に達して、圭都はシーツに夥《おびただ》しい量の精液を撒き散らした。

直後、佑星も圭都の最奥に熱い欲望を叩きつける。腰を動かし長い射精を行いながら、なおも圭都の項に歯を突き立ててくる。

圭都は甘く喘ぎながら、自分の体が佑星によって変えられていく幸福に打ち震えた。

ニヤニヤが止まらない。

圭都は先ほどからもう何度も数枚の写真を繰り返し眺めていた。

十一月もあと少しで終わる店の定休日、自宅のリビングには甘い香りが漂っている。ちょうど試作のケーキが焼き上がったところだった。

十二月といえばクリスマス。洋菓子店にとって一年で最も忙しくなる時期だ。〈クレフ〉のクリスマスケーキは去年よりも種類を一つ増やして、計五種類を販売する予定だ。すでに予約が去年の三倍に達していて、予約締め切りの十日後までにまだもう少し増えることが予想される。

昨今の物価高には頭が痛いが、一年の最後を彩る大イベントに星の数ほどある店の中から〈クレフ〉を選んでくれた人たちへ、最高のクリスマスケーキを届けたい。そのために圭都たちもスタッフ一丸となって最後まで気を抜かずに全力で駆け抜けるつもりだ。

そんな戦闘の十二月を目前に控えて、今日は骨休めの一日を過ごす予定だった。

佑星は来春放送予定の開局記念ドラマの主演を務めることが決まっており、その撮影で今朝早くから出かけている。

圭都は一通りの家事を済ませた後、一息ついていたところだ。

あたたかい紅茶を飲みながら、テーブルに端から順に写真を並べていく。

「この写真、無愛想だな。こっちも全然笑ってない」

並べた写真をじっくり眺めて、再びトランプカードのように集めて一つに纏めた。

今度はのんびりとソファに寝そべり、掲げた写真を見上げる。思わずふふっと笑いを漏らした。

聞いている人もいないので独り言もついぽろぽろと零れてしまうというものだ。

「寝顔はかわいいんだよなあ。さすが志乃さん、いいところを押さえてる。パンダを握り締めてるところがまたなんとも言えないくらいかわいいんだけど……」

「何がかわいいって？」

突然頭上から声が振ってきて、圭都は文字通り飛び起きた。

「うわっ、ゆ、佑星！」

仕事に出かけたはずの佑星がそこに立っていてぎょっとする。

「え、今日撮影だったんじゃ……？」

「土砂降りでロケが中止になった。今日はもう天気が回復しそうにないからな」

佑星が窓の方に向けて顎をしゃくる。見ると外は大降りの雨だった。

「本当だ。いつからこんなに降ってたんだろ。全然気がつかなかった」

「割とずっと降っているぞ。雨に気がつかないくらい何をそんなに集中して見ていたんだ」

佑星が長躯を屈めて覗き込もうとしてくる。

反射的に圭都は持っていた写真を頭に敷いていたクッションの下に押し込んだ。

「な、なんでもない」

佑星がじとっと目を細めた。「なんでもない？」

「…………」

「…………」

目を合わせて数瞬の沈黙が流れる。沈黙を破ったのは佑星だった。何かに気がついたようにすっと視線を横に逸らす。対峙するソファの向こう側、観葉植物の辺りを見ながら軽く眉を寄せて言った。

「今、そこを何か横切らなかったか？」

「え？　何？　なんかいるのか」

圭都も釣られて視線を向けた。ソファから床に足を下ろし、前屈みになって窺う。とその隙を突いて、佑星の手が素早くクッションをひっくり返した。

「あ！」

咄嗟に飛びついたが、時すでに遅し。隠していた写真をすべて佑星に取り上げられてしまう。

「わっ、駄目だ。それは見ちゃ駄目――」

ソファの背に足をかけて両手を伸ばした圭都は勢い余って大きく身を乗り出す。バランスを崩して床に落ちそうになる寸前、佑星の逞しい腕に抱えられて引き上げられた。

そのまま圭都を抱き寄せて、佑星が低い声で言った。

「……こんな写真をどこから手に入れたんだ」

明らかに不快そうな様子でこめかみをひくつかせる。圭都も顔を引き攣らせた。

「いや、とあるところから受け取った報酬の一部で……」

「とあるところ？」

横目に睨まれる。圭都はうっと押し黙った。さすが俳優、目力が半端ではない。

しつこい恋人の追跡を黙って逃れられるとは到底思えず、圭都は渋々口を割った。

「……志乃さんからもらったんだよ。この間の一件のお礼として」

志乃に瀬田との駆け落ちの協力を持ちかけられた際、こんな甘い言葉を囁かれたのだ。

——佑星さんの高校時代の写真、見たくありませんか？　とっておきなのが何枚かあるんですよ。けど、それを全部圭都さんに差し上げます。

「おい、俺の知らない間にそんな取引をしていたのか」

「だって見たかったんだよ、高校生の佑星。中学は学ランだっただろ。高校はブレザーだって聞いて、こう好奇心が抑えきれなくてさ。志乃さんもすごく似合っていたって言ってたし。それに、学校の中でも外でもしょっちゅう女の子に声をかけられていたんだって？」

我知らず声が尖ってしまった。バツが悪い思いで下唇を突き出すと、隣で聞いていた佑星が軽く目を見開いた。

「……やきもちか？」

「⁉　うるさい！」

圭都は反射的に唸り、「もう返せよ」と佑星から写真を取り戻す。

「返せって俺の写真だぞ」

「俺がもらったんだからもうこれは全部俺のものなの。貴重だぞ、梶浦佑星のオフショット。しかも高校生バージョン」

「完全に隠し撮りだが。犯罪だな。まさかオークションで売るつもりじゃないだろうな」

「…………」

「おい」

「冗談だよ。そんなことするわけないだろ。俺が一人で愛でるために志乃さんがくれたんだから。今頃瀬田さんと二人で仲良くやっているんだろうな」

松宮の家と縁を切る覚悟で駆け落ちをした二人は、あれから日本を飛び出して今は欧米にいる。無事に元気でやっていると手紙が届いた。

志乃が松太郎にたんかを切って姿を消した後、会場はパニックになり一時騒然としたが、何かしらの力が働いたのか特に話題にはならなかった。佑星が出没したという情報もデマだったと噂が回り、結局うやむやになって、この件は当事者以外にはすぐに忘れ去られてなかったものとされたのだった。

一部裏では松宮家が手を回して今回の件に関してかん口令が敷かれたともいわれている。

そんな大騒動になることを想定していたのか、当の志乃は一年以上も前からずっと水面下で計画を進めていて、新たな場所で華道家として働く手はずを整えていた。瀬田も以前知り合った造園マニアの外国人を通じて、庭師の仕事を紹介してもらうのだそうだ。世間知らずのお嬢様とは一味も二味も違う、ある意味破天荒な志乃を、圭都は思いのほか大好きになっていた。

またいつか会いたいなと思いつつ、誰にも邪魔されない新天地で二人が幸せに暮らしていくことを心から願っている。

圭都も佑星と晴れて恋人になったことを志乃には報告していた。佑星との関係性が友人から番に変わった後、圭都の体にはもう一つ大きな変化が起こっていた。

アルファアレルギー反応がまったく起こらなくなったのだ。

佑星以外のアルファと接してもくしゃみ一つ出なくなった。長年の悩みが消えて圭都は大喜びだったが、一方の佑星は自分だけが圭都を癒やせた専売特許がなくなったことに不満を漏らし、圭都に悪い虫が寄ってこないかと余計な心配をしていた。嫉妬深さは相変わらずだが、そんな恋人がまたかわいいと思えるのだから圭都も相当浮かれている。

ふいに佑星がぼそっと言った。

「俺も圭都の写真が見たい」

「俺の？」圭都は首を傾げた。「別にいいけど、面白いものなんてないよ」

部屋から持ってきたアルバムを佑星に渡すと、何やら真剣に捲り出した。

高校時代の写真は佑星も久々に見返すものだ。「若いなあ」懐かしみながらふと佑星の方を見ると、別のアルバムを捲っている佑星の顔がなぜかどんどん険しくなっていく。

「どうしたんだよ、そんな怖い顔して。なんかおかしなものでも写ってたか？」

圭都は隣からアルバムを覗き込んだ。フランスで修業をしていた頃の写真だ。

「あ、これが俺の師匠。こっちが同僚で、これは同じアパルトマンに住んでいた自称画家の卵と音楽家の卵。二人ともアクティブで、顔を合わせると『ケイ、出かけよう』ってしょっちゅう連れ回されてたんだよ」

佑星が不愉快そうに言った。「ちょっと近づきすぎじゃないか？」

「え、そうかな？　普通だと思うけど」

「いや、こんなに肩を組んでくっつきすぎだろ。これも、こっちも。こっちの男なんか圭都にキスしているぞ」

佑星が指さした写真は同僚だったパティシエの送別会の様子を写した一枚だった。酒も入ってテンションが高くなった同僚がふざけて圭都の頬にキスをしている。この後、彼はお別れの挨拶と称して端から順にみんなにキスをして回っていたのだが、佑星はそんなことはどうでもいいとばかりに、陽気なフランス人と圭都の仲睦まじい写真を見ては頭を抱えていた。

「……ずっと気になっていたことがあるんだが」

佑星が深刻な声で言った。圭都はどぎまぎしながら聞き返した。「え、何？」

「初めて圭都が俺の前でヒートを起こした時、あの後に圭都は緊急避妊薬を飲んだだろ？」

また唐突に何を言い出すのだろう。圭都は頬を熱くしながら「飲んだけど」と蚊の鳴くような声で答えた。

あの時は互いに余裕がなく、佑星も避妊具をつけていなかった。金本に嗅がされた発情アロマの成分を中和するためにアルファの体液が有効だったという理由もある。事後、圭都は自分の鞄の中に緊急避妊薬が入っているから持ってきてほしいと佑星に頼んだのだった。佑星もデリケートな事情を察して率先して薬を飲ませてくれた。あれらのやりとりはアルファとオメガ間のエチケットみたいなものだ。

「あの薬はフランス製だったと思うんだが」

「……うん、まあ向こうで買ったものだからな」

オメガである以上、自分の身は自分で守らなければならない。フランスではオメガ用の発情抑制剤と合わせて緊急避妊薬を持ち歩くのは常識で、圭都も使うことがなくてもお守り代わりに持ち歩いていた。そのおかげでいざ必要となった時にもすぐ対処できたのだ。

何もおかしいことはない。だのに佑星は苦悶の表情を浮かべ、ひどく辛そうに声を絞り出した。

「——開いていたんだ」

「？」

「薬のパッケージが開いていた。包装シートの一部が切り取られていて、二錠使用した形跡があった。このアルバムの中に使った相手が写っているのか」

圭都はきょとんとした。あまりにも真剣に誤解をしているので咄嗟に反応が遅れた。

「ちっ、違うよ！　あれは向こうで知り合ったオメガの友人が、恋人とのデートなのに薬が切れているのを忘れてたって言うから、俺のを分けてあげただけだよ。俺自身が使ったのはあれが初めてだから！」

必死に弁明すると、今度は佑星がきょとんとした顔をした。あからさまにほっとした表情になり、「嫉妬に押し潰されるところだった」と、胸を押さえてみせた。

「俺の知らない圭都がこの中にたくさん存在しているのが悔しいんだ」

佑星がアルバムを見ながら切ない溜め息をつく。そんな様子に圭都は思わず笑んだ。

「それはお互いさまだろ。俺だってこんな佑星は知らなかったよ」

志乃からもらった写真の束から一枚を引き抜いて佑星に見せた。一色の家の庭なのか、それとも松宮家なのか、手入れされて美しく咲く薔薇に囲まれてガーデンベンチに佑星が眠っている。高校の制服を着た彼はまるで眠り姫ならぬ眠り王子みたいだった。

その手にはあのパンダのキーホルダーを大切そうに握り締めている。口角が少し上がり微笑んでいるようで、何かとても幸せな夢を見ているみたいな寝顔だ。

志乃の一押し写真である。花の形をした付箋紙に〈誰の夢を見ているのかしら?〉と彼女の字で書き添えてあった。

佑星が付箋紙を剥ぎ取り、「そんなのは決まっているだろ」と言った。

「夢の中でならいつでも圭都に会えたからな。おかげで当時の趣味は睡眠」

「なんだよそれ」圭都はふふと笑う。

「今は夢から覚めても目の前に圭都がいて、夢みたいだよ」

「結局どっちだよ」

「とても幸せってことだ」

佑星が心から幸せそうに微笑んだ。圭都も自然と笑顔になる。

——佑星さんは本当に圭都さんのことが大好きで大好きで仕方がないのよ。

ふと志乃の声が脳裏に蘇った。

——今の佑星さんはやさぐれていたあの時からは想像ができないくらい心の底から幸せそう。たくさんの拍手を浴びてレッドカーペットを歩いている時よりも、圭都さんの隣にいる佑星さんが一番輝いていて、見ているこっちまで幸せな気分になる。

圭都は感慨深い思いで佑星を見つめた。

佑星が小さく首を傾げる。圭都は微笑んで言った。

「俺も、すごく幸せだよ。これから先もずっと一緒にいような」

透明なカーペットが二人の足もとから未来に延びている。この上を二人で並んで歩きながら、自分たちの色に染め上げていけたらいいと思った。やがて終着点に着き、最後に振り返ったら、色とりどりの幸せで溢れているといい。

長いカーペットのはるか後方で、子どもが二人はしゃいでいる。


——もし圭都がオメガになったら、俺の〝うんめいのつがい〟になってくれる？

——うん、いいよ。なろうぜ、〝うんめいのつがい〟


あれは呪いだったのか、それとも予言だったのか。

どちらにせよ、佑星とまためぐり合えたのは運命だったのだと圭都は信じている。

佑星が嬉しそうに微笑んだ。

「そうだな、ずっと一緒がいい。圭都、俺と結婚してくれないか」

唐突なプロポーズに圭都は驚いた。佑星と見つめ合い、胸がときめく。返事は決まっていた。

「もちろん。ふつつか者ですが、これからもよろしくお願いします」

自然と笑みが零れるのが自分でもわかった。佑星もひどく幸せそうに顔を綻ばせて、それを見て圭都は更なる幸福を感じる。

佑星が圭都の左手を取った。薬指の付け根にそっとくちづける。

「圭都に似合う最高の指輪を贈るから、ここを空けて待っていてくれ。生涯愛し、幸せにすると誓う」

「俺も誓うよ。佑星を世界で一番幸せにしてみせるから」

大きく目を見開いた佑星が大輪の花を咲かせるみたいに破顔した。

「それならもう叶っている」

甘く囁き、ゆっくりと圭都に覆い被さってくる。圭都も笑って目を閉じる。

やみそうにもなかった雨がふいに上がった。雲の切れ間から光が差し、薄曇りの空に虹が架かる。

横抱きにされて寝室に移動する最中、圭都は息を荒らげながらリビングの大きな窓からその神秘的な光景を目にした。

綺麗だな……。

雨上がりの空に、まるで二人がこれから進む道を示してくれているかのようで、圭都は一人微笑む。

「どうした、笑って。随分と余裕だな」

佑星が意地悪く言う。「そんなものすぐになくしてやるから、覚悟しろよ」

「期待してる」

目を合わせた佑星がくっと眉を寄せた。噛みつくようなキスを交わしながら、佑星が切羽詰まった様子で乱暴に寝室のドアを閉める。
やがて虹が消えて再び雨が降り出しても、しばらくそのドアが開くことはなかった。

END

あとがき

このたびは『アルファ嫌いの幼馴染と、運命の番』をお手に取ってくださり、どうもありがとうございました。

このお話を執筆している最中に、突然我が家の電子レンジがブツッと音を立てて止まり、それきりうんともすんとも言わなくなってしまいました。

仕方がないので買い替え、そのテンションで久々にクッキーを焼いてみました。味は……至って普通でした。それにしても、ケーキ屋さんのクッキーはどうしてあんなに美味しいのでしょうね。(それはもちろんプロが作っているから）本作のパティシエ主人公が作るクッキーもきっと美味しいんだろうな。チーズケーキもフィナンシェも絶対美味しいよね……なんて思いながら、書いていました。

今回のお話はそんなパティシエが主人公になります。そして彼はアルファアレルギーを持つオメガです。

アルファに近づくと、くしゃみ鼻水じんましんが出てもう大変！　という設定なのですが、逆にいえば、それらしき症状が出たら、近くにアルファがいるぞと探知できるわけで、アルファ探知能力を持っているとも言えるのでは？　探偵ネタに使えそうだな……などと時々思考を脱線させつつ執筆作業を行っていました。その場合、探偵役は幼馴染みの彼になりますね。表舞台でキラキラ輝いている男ですが、探偵は目立ってはいけないのでそこは控えてもらって。でも、アルファに気配を消せというのも難しい話でしょうか。常人ではない圧倒的オーラを放って登場するのがアルファ。どれだけその美貌を隠そうとも滲み出るオーラまでは消せないのがアルファ。ターゲットを尾行するのも一苦労かもしれません。歩くだけで周囲からジロジロと見られそう。結局ターゲットにもすぐにばれて逃げられてしまうポンコツ探偵になりそうです。……ダメですね。

だけどシャーロック・ホームズのコスプレは見てみたい！

思わずそんな妄想をしてしまうほど、本作のキャラクターを魅力的に描いてくださったのは、みずかねりょう先生です。

世界的に有名なスターと文字で書くのは簡単ですが、ビジュアルはぼんやりとしかイメージできていなかったので、いただいた佑星のイラストを拝見して思わず、「これが世界のユウセイ・カジウラだ！」と叫びたくなるくらいの国宝級イケメンに感激しました。圭都もコックコートの似合う美形に描いていただき眼福です。前回に続いて、美麗イラストの数々をどうもありがとうございました。

また、この本の出版にかかわってくださったすべての皆様に深く御礼申し上げます。特に、今回も大変お手数をおかけしました担当様。いろいろとご配慮いただき感謝の気持ちでいっぱいです。本当にありがとうございました。今後ともよろしくお願いいたします。

最後になりましたが読者の皆様、ここまでお付き合いくださってどうもありがとうございました。

主人公の作る甘いスイーツみたいに、お茶のお供の一冊になれば幸いです。少しでも楽しいひとときを過ごしていただけますように。

またお会いできたら嬉しいです。

榛名　悠

プリズム文庫をお買い上げいただきまして
ありがとうございました。
この本を読んでのご意見・ご感想を
お待ちしております!

【ファンレターのあて先】

〒153-0051 東京都目黒区上目黒1-18-6 NMビル
(株)オークラ出版 プリズム文庫編集部
『榛名 悠先生』『みずかねりょう先生』係

プリズム文庫

アルファ嫌いの幼馴染と、運命の番

2024年04月02日 初版発行

著 者 榛名 悠

発行人 長嶋うつぎ
発 行 株式会社オークラ出版
〒153-0051 東京都目黒区上目黒1-18-6 NMビル
営 業 TEL:03-3792-2411 FAX:03-3793-7048
編 集 TEL:03-3793-6756 FAX:03-5722-7626
郵便振替 00170-7-581612(加入者名:オークランド)
印 刷 中央精版印刷株式会社

ISBN978-4-7755-3031-3

プリズム文庫